W0346278

En haut, la liberté

Castor Poche
Collection animée par
François Faucher, Hélène Wadowski,
Martine Lang, et Cécile Fourquier

Aux enfants libres d'aujourd'hui,
et à tous ceux qui ne le sont pas encore…
« La liberté ne s'octroie pas,
elle se conquiert ! »
(M. Paul Salez,
conférence à l'occasion du 150e anniversaire
de l'abolition de l'esclavage,
Saint-Denis de la Réunion, 1998).

Prix Saint-Dié des Vosges 1999

Une production de l'Atelier du Père Castor

© 1999, Castor Poche Flammarion.

DANIEL VAXELAIRE

EN HAUT, LA LIBERTÉ

CASTOR PLUS

Les Noirs «marrons», p. 177.

Castor Poche Flammarion

I. Le Domaine

On m'appelle Petit-Jacques et je ne suis pas amoureux.

Mais mon grand frère Jolicœur est fou d'amour, aveuglé d'amour, et c'est pour cela que nous allons sans doute mourir, lui et moi. Et elle, la jolie Niama.

Ils ne savent pas que je vais les suivre. Jolicœur serait furieux, s'il l'apprenait. Il me dirait encore :

— Petit-Jacques, tu n'es qu'un bébé ! Laisse donc les hommes agir !

Je ne suis plus un bébé depuis longtemps. La preuve : quand il y a des balles de café à porter, Sansquartier me met au travail comme n'importe qui. Il sait bien, lui, que mes jambes et mes reins sont solides. J'aimerais qu'il le sache moins : certains soirs, mon dos me fait si mal que je ne peux pas m'allonger sur ma natte, dans la petite case où nous logeons, et que je dois essayer de me reposer plié en deux comme un vieux Noir…

Mais je ne me plains pas. J'ai appris cela de ma mère, très tôt : quoi qu'il arrive, ne pas se plaindre. C'est s'abaisser pour rien.

Ma mère… Je crois qu'elle devine les projets de mon frère : elle est un peu plus voûtée depuis quelques jours.

Jolicœur ne dit rien. Il n'a jamais été très causant.

Mais les regards parlent aussi bien que les lèvres.

Il arrive même que les regards hurlent. Celui de Jolicœur clame :

— J'aime Niama et elle sera mienne, même si je dois tuer pour cela ! Même si je dois mourir !

Les Blancs ne savent pas lire ce genre de regard. D'abord ils ne savent pas que Niama s'appelle Niama : ils l'ont baptisée Marianne. Ils ne savent pas non plus que depuis quelque temps, Jolicœur, le gentil et souriant Jolicœur, se fait appeler Cotte, un vieux nom de guerrier. Et que moi je rêve de devenir un jour Maavel, l'invincible !

Ils sont puissants mais naïfs, les Blancs. Ils nous ont tout volé, même nos noms. Leur prêtre est venu nous « bénir », quand ils ont décidé que Niama était Marianne, que Cotte était Jolicœur. Ils ont sans doute cru mieux nous posséder en nous baptisant à leur manière. Ils ne savent pas que nous avons conservé nos noms secrets, que chacun a le sien dans le camp, même si beaucoup n'osent même pas y penser, tant ils ont peur. Ils ne savent pas, les Blancs, qu'on peut tout acheter, sauf une âme.

Nos âmes, ils peuvent les courber. Ils possèdent tout ce qu'il faut pour cela : la force, le fouet, les chiens... Ils ont aussi les clés du magasin à nourriture, donc celles de nos ventres. Et chacun sait que la soumission de l'esprit commence souvent par la servitude du ventre.

Certains d'entre nous se laissent prendre au piège, ils disent qu'on n'est pas si mal traité au Domaine, que chez des maîtres voisins, les commandeurs ont la main plus lourde que Sansquartier, ils se racontent les histoires affreuses d'esclaves brûlés au fer rouge, ou battus à mort, ailleurs, loin, sur des propriétés encore plus cruelles que celle-ci, ils se montrent la pièce de coton indien bleu que Grand-Monsieur distribue à chaque Noël et bêlent :

— Monsieur Pierre, c'est tout de même un bon maître !

Mon frère Cotte, lui, dit qu'il n'y a pas de bon maître, que le maître ne fait semblant d'être bon que quand on fait très exactement ce qu'il veut.

— Sois bœuf, dit-il, et le maître sera content. Mais sommes-nous des bœufs ?

Pas lui, en tout cas, et pas moi. Et sans doute pas Niama, s'il faut en croire ce que dit Cotte.

Nous ne la voyons guère. Elle travaille à la grande maison, où elle repasse et blanchit les linges de Madame : trop fine, trop belle pour s'user les reins aux champs...

Mais la beauté est un piège, quand on vit trop près des Blancs. Monsieur Jean-Louis, le fils du maître, ce corrompu, ce mal vivant, dont toutes les mauvaises pensées ressortent en boutons purulents, cette espèce de rat livide aux cheveux trop pâles, aux bras mous qui n'ont jamais porté d'outil, a englué son regard aux hanches de la jolie Niama.

Il faut que nous partions avant que l'horreur soit. Et très vite : le danger menace.

Cotte a fait ses préparatifs. Il ne sait pas que moi, encore plus secrètement que lui, je me prépare aussi. C'est une affaire de quelques jours : Cotte, Niama et moi…

S'il pouvait pleuvoir !

***

Notre mère va pleurer, c'est sûr. Elle a un nom donné par les Blancs et un nom à nous, son nom secret, mais tout le monde l'a surnommée « la Fourmi » depuis très longtemps. Elle ramasse tout ce qu'elle trouve, rapporte dans notre case de menus objets, des légumes à moitié pourris, dont nous mangeons les parties bonnes, des bouts de bois qui lui semblent pouvoir être utiles à quelque chose, des clous tordus. Elle accumule…

Qu'on ne se méprenne pas : elle ne vole rien. Le vol est terriblement puni, et puis ce n'est pas dans sa mentalité. Elle trie soigneusement ses trouvailles : ici ce qui est au maître, là ce qu'elle estime sans valeur. Par exemple, si elle déterre dans un coin de champ un fer d'outil qui peut encore servir, même s'il est très rouillé, elle va servilement le porter à Sansquartier. Mais un manche de piochon pourri et cassé en deux, inutilisable pour les maîtres et même pour nous, sauf pour faire du feu, aboutira inévitablement dans notre case. Elle le garde, « au cas où »...

C'est une vieille habitude, héritée de son enfance.

— Dans mon village, dit-elle, on ne jetait rien. Parce qu'il pouvait y avoir demain une grande pluie qui rendait le bois humide et rare, ou une sécheresse, qui faisait fuir le gibier et périr les zébus. Et alors, on était content d'avoir ramassé les vieux bouts de branches, les calebasses cassées, les tessons de poterie, les lanières de cuir et toutes ces choses dont vous dites qu'elles ne servent à rien...

L'ennui est qu'ici, ce n'est pas son village, et qu'il y a Sansquartier. Elle a beau lui donner scrupuleusement tout ce qui semble avoir de la valeur, et même ce qui n'en a pas, il ne se passe pas de semaine sans qu'il débarque chez nous, poussant la porte d'un coup de pied en hurlant :

— Alors, la Fourmi, montre-moi ce que tu as ramassé !

Et ma mère, courbant l'échine, étale devant lui ses débris. Il fouine, prend une bricole, exprès, et beugle :

— Tu essaies de voler not' bon maît', la Fourmi ? Tu sais ce qu'on fait aux voleurs ?

En disant cela, il caresse le manche de son *chabouk**, le grand fouet à la longue mèche de choca. Ma mère tremble et ne dit rien. Elle le laisse débiter ses insultes, dos voûté, regard à terre. J'ai longtemps cru qu'elle avait peur. Mais dès que Sansquartier s'en va, elle se redresse si vite, et avec une telle flamme dans le regard que je sais maintenant qu'elle joue la comédie, comme nous tous. Elle sait, depuis plus longtemps que nous, que les maîtres et leurs chiens à deux pattes, les commandeurs, aiment les sourires serviles et les nuques basses.

Il y a un secret dans sa vie, je ne sais pas lequel. Même Cotte ne le sait pas. Même pas notre sœur Mascarine, l'aînée, qui chuchote si longtemps, le soir, avec notre mère, et qui parfois pleure avec elle. Peut-être que ça a quelque chose à voir avec le fait que nous ne soyons pas tous de la même couleur, que Mascarine soit plus claire que Cotte et moi, que des imbéciles, quand ils me voient traîner des pieds pour aller aux champs, me crient :

— Tiens, voilà le fils de l'Endormi qui s'en va au travail !

Et lorsque je reviens, d'un pas plus joyeux, ils ricanent :

* Nom d'origine indienne désignant un grand fouet à mèche en fils de choca tressés. Le choca est un agave, plante à longues feuilles dures, dont on tire une fibre qui peut être utilisée pour faire de la ficelle.

— Tiens, voilà le fils de l'Éveillé qui s'en revient !

Ni l'Éveillé, ni l'Endormi ne sont des hommes très beaux, mais ils ne sont pas méchants. Si cela doit être, je préfère les avoir pour pères plutôt que Brisefer, qui est une brute, ou l'Artichaut, qui est un parfait abruti. Tout de même, j'aimerais savoir lequel des deux, et pourquoi Mascarine a cette peau couleur café au lait…

On ne me dit pas tout, puisqu'il paraît que je suis trop petit, mais il n'est pas besoin d'être allé à l'école, comme le rat blanc, pour se rendre compte qu'il y a beaucoup trop d'hommes pour beaucoup trop peu de femmes, dans notre camp de paillotes. Il suffit de compter sur ses doigts…

— C'est parce qu'ils font surtout venir des muscles ! m'a expliqué Cotte. Ils veulent des bras solides pour cultiver leurs champs !

Tant pis si trois hommes sur quatre restent seuls, sans espoir d'avoir une compagne. De toute façon, une compagne, même quand on a la chance d'en séduire une, cela ne pèse pas grand-chose aux yeux des maîtres : une lubie, un caprice, l'ombre d'une désobéissance et ils vendent l'homme ou la femme à un voisin, le couple est séparé et ne se reverra jamais.

Ils ont tous les droits et nous ne sommes que des bêtes de trait. Ils ont même le droit, quand une fille de chez nous s'avère plus jolie que les autres, d'user d'elle comme ils le veulent. C'est étrange, tout de même : ils disent de nous que nous sommes laids comme des singes, mais quand ils ont affaire à nos femmes, ils s'échauffent et roulent leurs yeux bleus dans leurs faces de craie. Je le demande : qui sont les animaux ?

Les vieux disent que c'était mieux avant, surtout avant que Monsieur Pierre, Grand-Monsieur, se marie. Il paraît que, jeune homme, il était plutôt bon. Bien sûr, il fricotait un peu avec les femmes esclaves qui le servaient à la maison mais à part cela, pas un geste brutal, pas un mot méchant.

Les vieux disent qu'il ne possédait qu'une dizaine de Noirs à cette époque, presque tous de Madagascar. La maison ne comptait que quatre pièces sous son petit toit de bardeaux* , la surface cultivée ne dépassait pas cent arpents. C'était bien suffisant pour produire les vivres dont le domaine avait besoin, plus un petit excédent que Grand-Monsieur vendait aux navires de passage, et quelques balles de café, qui partaient au prix fort et permettaient d'acheter des outils, de la farine, des cordages et toutes ces choses que la colonie ne produit pas.

* Les bardeaux sont de petites tuiles de bois dur, taillées à la hache, qu'on cloue sur un treillis de planches. Ils peuvent indifféremment couvrir des toitures ou des façades. On les applique en couches partiellement superposées, chaque bardeau recouvrant les deux tiers du bardeau de la rangée du dessous. Ce type de couverture a l'avantage de résister aux plus forts cyclones. Beaucoup de vieilles maisons créoles de la Réunion ou de l'île Maurice sont encore couvertes de bardeaux.

Mais deux fléaux sont tombés sur le Domaine presque en même temps : la folie du café et l'arrivée de Madame Berthe, qui se mélangent dans la mémoire des anciens, comme deux épidémies inextricablement liées.

La folie du café est venue de France : il fallait produire, plus, beaucoup plus, le roi l'exigeait ! C'est à ce moment-là qu'ils ont commencé à faire venir tant d'esclaves, que leurs bateaux ont écumé la côte d'Afrique et celle de Madagascar, que leurs ignobles fournisseurs ont razzié les villages comme ils ne l'avaient jamais fait. En quelques années, les dix esclaves de Grand-Monsieur étaient trente, cinquante, les arpents cultivés se multipliaient par dix, couverts à l'infini de ces arbustes que je hais tant, avec leurs baies rouges, dont on ne peut rien faire, sinon les préparer pour les Blancs.

Ceux qui travaillent au potager ou au verger ont plus de chance : il y a toujours un fruit un peu gâté, un vieux légume, les feuilles abandonnées des choux pour leur remplir le ventre. Mais les hommes des champs, les besogneux ordinaires, n'ont rien : neuf mois l'an, nous amendons le sol, y répandons des engrais, réparons les petites canalisations qui apportent l'eau depuis la rivière ; et le reste du temps, nous récoltons les baies rouges, une par une, quand elles sont bien mûres, nous les mettons à sécher au soleil, nous les ouvrons pour en sortir les grains, deux grains par baie, nous laissons les grains sécher encore, nous les mettons en grands sacs, immensément lourds, nous les portons de l'esplanade au hangar, du hangar aux charrettes, le tout sous un soleil de feu.

Et rien à tirer de cette maudite plante ! On dit que les Blancs en sont fous. Je me demande pourquoi. Parfois, je suce une graine, pour couper ma soif. C'est ni plus ni moins qu'un caillou, qui devient peu à peu gluant sous ma langue. Ma mère dit qu'ils font griller ce café, qu'ils en tirent une boisson noire et forte, qui leur porte sur les nerfs. Si c'est vrai, j'aimerais que Monsieur Jean-Louis ne boive pas tant de café : il a un regard qui fait peur…

Madame Berthe est arrivée dans le sillage du café : soudain Monsieur Pierre, malgré ses quarante ans passés et son air un peu benêt, devenait un parti enviable. Son père, ou le père de son père, je ne sais, s'était vu attribuer une concession gigantesque, dont personne n'avait tiré fortune avant le café. Maintenant, le vent tournait, les terres infinies, qui couraient du « battant des lames », c'est-à-dire du bord de mer, au sommet invisible des plus hautes montagnes, étaient une promesse d'opulence. Madame Berthe avait la taille bien prise, un nez pointu et la langue acérée. Elle a vite mené Grand-Monsieur comme elle voulait. Elle s'est laissé faire un enfant, ce Jean-Louis qui ressemble à un rat, et qui a été trop choyé, puis elle a fermé son lit et ouvert sa bouche : il fallait que Grand-Monsieur lui offre une vie en accord avec son rang.

Les choses n'ont pas traîné. La maison s'est

agrandie de deux pavillons symétriques, d'une grande véranda par-devant et d'une plus petite par-derrière, qui lui ont donné un faux air de château. Il a encore fallu tracer, à la pioche, une grande allée rectiligne, bordée de palmiers royaux, puis installer le lourd bassin en fonte que Madame avait commandé en France, avec sa fontaine, ses tuyaux et ses vannes. Il a fallu ériger des monticules symétriques, qui sont devenus des parterres de fleurs rares, il a fallu construire un pavillon pour recevoir les amis de Grand-Monsieur et de Madame, qui arrivent parfois dans de belles calèches, il a fallu agrandir l'écurie, car Madame voulait aussi des chevaux… Et surtout, il a fallu agrandir notre camp, qui se trouve loin en arrière de la grande maison, bien caché par des haies : de dix Noirs au temps où Monsieur était célibataire, nous sommes devenus plus de cent.

La moitié d'entre nous vient de Madagascar, les autres d'Afrique. Les Malgaches se comprennent entre eux : nous parlons tous à peu près la même langue, même si nous appartenons à des tribus différentes. Mais les Africains… Ils proviennent de villages dispersés dans un continent gigantesque, et ont parfois marché des mois avant d'atteindre la côte et d'être jetés dans les bateaux négriers. Beaucoup ont été capturés par d'autres Noirs : comme à Madagascar, la première source de l'esclavage est la guerre entre tribus. Mais depuis que les Blancs, si avides de bras, ont fait monter les cours, un autre commerce s'est mis en place : certaines bandes écument sans cesse l'intérieur des pays, repérant les villages où ils viennent cueillir les plus solides jeunes gens. Ils exploitent l'humanité comme nous exploitons les plantes ou la volaille : ils laissent quelques spécimens en liberté, pour la reproduction, et emmènent tout ce qui est bon à vendre, puis quelques années après, quand le village a commencé à oublier, ils reviennent pour une nouvelle récolte…

Nous avons plus de chance, nous autres de Madagascar : nous sommes plus unis, notre passé guerrier nous donne plus de force, plus de cohésion. Les Blancs s'en méfient, c'est pour cela qu'ils mélangent leurs esclaves : moitié de Malgaches, moitié d'Africains… Ils saupoudrent, en espérant que les différences empêcheront les Noirs de se mettre d'accord : ils ont si peur des révoltes ! Ici, au Domaine, il y a même des esclaves indiens : un couple, l'homme est jardinier, la femme lingère. Ils ont un statut privilégié : quand on vit si près des maîtres, on est mieux traité, on peut même avoir l'espoir, si on courbe suffisamment la tête, si on fait suffisamment semblant d'aimer les Blancs, d'être affranchi sur ses vieux jours.

Il y a aujourd'hui beaucoup trop d'esclaves pour que le maître, comme jadis, puisse les diriger seul. D'ailleurs, il y a belle lurette qu'il ne vient plus aux champs, Grand Monsieur. Il est trop usé, par le travail, par les jérémiades de sa femme, par la peine que lui donne son fils…

Alors, il a fait comme les autres : il a embauché un maître de culture et des commandeurs.

Le maître de culture est un Blanc, mais de basse caste, un rustre qui boit du soir au matin. Il est malade, pour l'heure, et se repose au grand hôpital de la ville. C'est pour cela que Cotte pense qu'il pourra plus facilement s'enfuir : leur chef étant absent, les commandeurs seront moins vigilants. Du moins Cotte le pense…

Il faut se méfier, cependant : les commandeurs sont malins, et zélés. Surtout ceux qui sont encore esclaves. Les autres, les affranchis, s'installent dans une espèce de mollesse : ils sont des employés libres, et ce qui peut leur arriver de pire est d'être jetés à la rue. Mais ceux qui sont encore esclaves et espèrent ne plus l'être, ceux-là traquent sans pitié nos fautes et nos faux pas. Ils doivent donner l'image de l'efficacité, apporter chaque soir au maître sa moisson de bons et de mauvais rapports, pour qu'il constate à quel point ils font bien leur travail et qu'un jour, peut-être, il les récompense…

Sansquartier est de ceux-là. Sansquartier dont un seul regard vous paralyse de terreur. Sansquartier qui ne marche jamais sans son *chabouk* et qui est si large d'épaules que je me demande bien comment Cotte pourra le tuer, s'il se met en travers de sa route.

Sois rassuré, grand frère : je ferai tout ce que je peux pour t'aider.

Mais je me demande bien quoi…

Moi, je n'aurais pas fait autant de folies pour Niama. Je ne la trouve pas si belle. Certes, elle a la taille mince et tout ce que possèdent les jeunes filles à peu près bien nourries : des rondeurs agréables. Je me demande si Cotte ne s'est pas laissé éblouir par cette apparence : une demoiselle en bonne santé, vêtue comme une reine, comparativement aux quelques filles du camp. Normal : elle mange les restes des Blancs et, comme elle est avec eux dans la grande maison toute la journée, ils l'ont affublée, comme la cuisinière, la lingère ou le cocher, de ces espèces d'habits trop propres, qui font d'eux une race à part.

Cotte en a les yeux qui sortent de la tête.

— Elle est si belle ! ne cesse-t-il de bafouiller.

— Ce n'est pas la beauté qui fait les bonnes épouses ! répond ma mère. Tu sais ce qu'elle a dans la tête? Tu sais ce qu'elle a dans le cœur ? Non, tout ce que tu vois, c'est la beauté. Mais la beauté se fane, mon joli cœur : regarde la mienne !

Cotte n'aime pas qu'elle l'appelle « mon joli cœur » comme quand il était petit. Il n'aime pas non plus qu'elle lui parle de sa vie à elle, de sa vie de femme vieillie trop vite. Cela le met mal à l'aise. Moi, ça me crève l'âme. Quand je la vois comme ça, ridée, cassée, les mains gercées par le travail, j'ai envie de prendre une pioche, d'entrer dans la grande maison et de massacrer tout le monde.

Mais je ne monterais pas la première marche :

les chiens me mangeraient tout cru. Ils sont attachés par de longues cordes au bas du perron. Ils n'aboient que pour les Noirs.

Et même si j'étais un gars large comme une porte cochère, auquel rien ne résiste, au lieu d'être un freluquet aux mollets de coq, même si je parvenais à écrabouiller les chiens, à aplatir les maîtres, à quoi est-ce que cela servirait ? Les soldats viendraient, et s'ils ne m'abattaient pas raide avec leurs fusils, ils m'emmèneraient chargé de chaînes jusqu'au bloc*, où je resterais attaché des jours et des jours, pendant qu'ils feraient semblant de me juger. Puis on me conduirait, un matin, sur la place du marché. Ils m'attacheraient, selon leur fantaisie, sur la roue pour qu'on me brise les membres avec une barre de fer, ou bien sur le chevalet pour qu'on me fouette au sang et qu'on me marque le dos au fer rouge. Ensuite, que je sois déjà mort ou non, on me suspendrait sous la grosse branche du tamarinier jusqu'au lendemain, et mon corps serait jeté en bord de mer, avec les ordures de la ville, et laissé là sans sépulture, pour apprendre aux autres Noirs…

Non, rien ne servirait de prendre une pioche, mieux vaut les vaincre par la ruse.

* Une grosse roche où on scellait des chaînes, pour attacher les prisonniers. Parfois, ces prisons primitives n'avaient même pas de toit.

***

De la ruse, mon pauvre Cotte n'en a guère.

D'abord, il a tout dit à Niama. Elle le pressait depuis quelque temps, ou plutôt elle laissait sentir que Monsieur Jean-Louis, le rat blanc, la serrait d'un peu près quand elle venait faire ses repassages. Elle dit qu'elle l'a fait lanterner, qu'elle lui a raconté des histoires, qu'elle s'est prétendue malade. Mais ce genre de ruse ne peut pas tromper un Blanc très longtemps, surtout quand il s'est mis une certaine idée en tête…

Depuis, Cotte est comme fou. Il ne réfléchit plus, il veut tout faire à la fois, change d'avis trois fois par jour.

Mais qu'est-ce qu'il croyait ? Qu'il allait pouvoir faire la cour à sa princesse, comme s'il était seul, comme s'il était libre ? Le destin des filles comme Niama est tout tracé, et Cotte est bien stupide de s'intéresser à elle. C'est comme si un chien voulait avaler la lune…

Moi, je ne comprends pas trop cet engouement. Les filles ne m'intéressent pas. C'est braillard, c'est capricieux, ça bavarde et ça rit bêtement quand on les regarde. J'aimerais plutôt avoir un arc pour tuer les oiseaux. Mais, bien sûr, un esclave ne peut pas fabriquer un arc, même un tout petit esclave comme moi. Le bas de ses reins s'en souviendrait longtemps.

— En plus, cette fille n'est pas des nôtres ! ronchonne ma mère.

C'est vrai, Niama est d'Afrique. Je ne sais pas où

ils ont capturé sa mère, mais elle a une silhouette longue et fine, assez différente des autres Noirs de la propriété, qui sont trapus. Elle est née dans l'île, comme ma sœur, comme Cotte et moi. Elle n'a jamais connu le monde libre. Pour cela, je l'aime un peu. Et puis, Cotte est si fou d'elle... Tout de même, je me demande si elle ne s'est pas tournée vers mon frère uniquement parce qu'il est le plus fort, parce qu'il semble être le seul à pouvoir l'arracher aux sales envies du rat blanc...

Le plan de Cotte est d'une simplicité enfantine : une nuit, il ira chercher Niama, dans la petite maison qu'elle habite à l'arrière de chez les maîtres, et ils partiront tous deux dans les montagnes. La forêt n'est qu'à deux heures de marche, et elle étend son manteau vert sombre sur toutes les montagnes de l'île. Il pense pouvoir y être introuvable.

— Et leurs chiens ? dit ma mère. Tu as pensé à leurs chiens ? Et comment tu vivras là-haut ? Qu'est-ce que tu lui donneras à manger, à ta belle ? Où est-ce que tu la feras dormir ? Tu ne sais même pas reconnaître les bonnes herbes de celles qui donnent mal au ventre... Ta sœur Mascarine saurait mieux se débrouiller que toi !

Notre sœur ne risque pas de s'enfuir : elle est courtisée par La Joie, qui est forgeron et répare tout ce qui est outil, calèche, serrure. La Joie n'est plus de première fraîcheur, et il lui manque quelques dents, mais Mascarine va déjà sur ses vingt ans, il est temps qu'elle prenne compagnon, sinon le maître risque de l'accoupler avec n'importe qui. Comme La Joie ferre aussi les chevaux de Madame, il a quelques faveurs. Il a fait comprendre son désir, et semble être entendu. Sûrement, il y aura un mariage dans quelque temps. Les maîtres aiment organiser ce genre de cérémonies : elles donnent du rêve aux autres esclaves, et contribuent à maintenir la discipline sur le domaine.

Mère dit aussi que cela amuse les Blancs : ils nous amènent à les singer, ce qui fait de nous des pantins ridicules… Ah, que c'est drôle, ces Noirs vaguement endimanchés, avec leurs chemises à peu près propres, et cette mariée vêtue d'un oripeau prêté par la maîtresse, ces Africains et ces Malgaches qui hochent doucement la tête à la messe, alors que chez eux, pour une telle circonstance, ils auraient battu tambour ! Si comique, n'est-ce pas, ces Noirs en fête qui marchent nu-pieds ! Car nous n'avons pas droit aux chaussures, ni au chapeau, c'est privilège de libres. Mère a sans doute raison : nous nous rendons plus esclaves encore en imitant les Blancs, et pourtant Mascarine rêve de ce grand jour.

Mais pour Niama, pas de mariage, pas maintenant : Monsieur Jean-Louis y veille.

Quand ma mère lui parle de ce qu'elle appelle ses folies, Cotte baisse la tête et serre les mâchoires. Elle se moque, elle si fragile, si minuscule :

— Tu peux rouler des épaules, mon joli cœur, cela ne sert à rien ! Ce n'est pas avec tes muscles qu'il faut penser !

Et pourtant, elle le laisse faire, elle essaie même de l'aider. Dans les débris qu'elle ramasse comme toujours, elle glisse depuis quelque temps des objets qui lui semblent pouvoir être utiles. Pour la première fois de sa vie, la Fourmi vole le Blanc.

Mais Cotte n'en tient pas compte, il ricane :

— Qu'est-ce que tu veux que je fasse avec ces clous rouillés, cette lame cassée, cette vieille lanière ? C'est tout pourri... Non, il me faudrait un vrai couteau. Ou bien un fusil, comme celui de Monsieur Pierre...

— Et tu ferais quoi, avec un fusil ? Tu ne sais même pas comment ça fonctionne !

Moi, je ne dis rien. J'écoute. Et tandis qu'ils se chamaillent, à voix basse pour ne pas être entendus, je réfléchis.

J'essaie de me mettre dans la peau d'un vrai fugitif, d'un de ces grands «marrons*», comme ils les appellent. Marron, cela veut dire «fuyard» dans un de leurs langages, «parti dans la forêt». Nous autres, nous préférons dire « hommes libres ».

De quoi les marrons peuvent-ils avoir besoin pour fuir ? Et une fois qu'ils ont fui, de quoi ont-ils besoin pour vivre dans les montagnes ?

J'ai tendance à mettre les choses à l'envers, à

* De l'espagnol des Antilles *cimmarron,* « esclave fugitif ». Le mot «marron» n'était pas utilisé au début de la colonisation des îles Mascareignes ; on a longtemps parlé d'esclaves « partis vagabonds » ou *kivis* (d'après un mot malgache ayant le même sens).

imaginer d'abord ce qu'il faudrait là-haut. Il y fait froid. Pas maintenant, nous sommes dans les mois d'été, le Noël des chrétiens est passé depuis quelques semaines à peine. Mais en hiver, il paraît qu'il y a des endroits où l'eau devient dure comme du verre. C'est le vieux Chose qui m'a dit ça. Il a été pendant dix ans esclave d'un Blanc qui faisait exploiter cette « glace ». C'est si froid, m'a-t-il assuré, que les doigts se paralysent si on la touche. Les Blancs s'en servent à l'hôpital : l'eau dure qui fige les doigts endort aussi la douleur.

Certains, les très riches, l'utilisent également pour rafraîchir leurs boissons, quand ils reçoivent les grandes gens. Personne n'a jamais vu ça au Domaine. Grand Monsieur doit être trop pauvre, ou Madame Berthe trop pingre... Envoyer de pauvres bougres aux pieds nus dans la montagne, juste pour avoir de quoi refroidir ses alcools ! Et ça va à l'église, ça clame partout le nom de Jésus, leur dieu de bonté !

De temps en temps, il y a la messe des Noirs. On y va tous : c'est une distraction. Le curé nous assène un langage de maître, comme quoi l'obéissance en ce monde sera récompensée dans l'au-delà. Mais il arrive qu'une parole lui échappe. Un jour, il a dit que son Jésus avait commandé de s'aimer les uns les autres. Il s'est vite rattrapé en parlant de l'amour filial de l'esclave pour le maître, de l'amour paternel du maître pour l'esclave, mais comme personne ne sent vraiment bien à quel point

Grand Monsieur, et plus encore Monsieur Jean-Louis, nous aiment comme des pères, je me dis, de deux choses l'une : ou bien leur Jésus ne pensait qu'aux Blancs et alors il ne vaut pas mieux que les idoles africaines qu'adore ma mère en secret, ou bien les Blancs ont trahi la parole de leur dieu et sa colère leur tombera sur la tête un jour ou l'autre.

De toute façon, ce n'est pas ce Jésus ni les dieux de ma mère qui vont nous tirer d'affaire dans la montagne, si jamais nous y parvenons…

Il faudrait donc des couvertures, pour affronter le froid, des graines à semer pour plus tard, quelque chose qui puisse être à la fois arme et outil, comme par exemple un piochon, ou mieux : un sabre d'abattis* . Des calebasses ? Je ne sais pas s'il y a des calebasses sauvages en forêt. Il en faudra, pour garder l'eau. Une corde ! On a toujours besoin d'une corde. Après, on en fabriquera avec des lianes.

J'essaie d'imaginer l'abri dans la forêt, un toit de fougères et de branches fines, invisible sous les arbres… Avec le sabre, on taillera des sagaies, pour chasser le gibier et se défendre, si nécessaire. Ah, ne pas oublier de la pierre à briquet, pour faire du feu.

Mais pour s'enfuir, pour déjouer la surveillance de Sansquartier, pour tromper les chiens qu'ils lanceront sur nos traces, qu'est-ce que tu as trouvé, Petit-Jacques qui rêve de devenir Maavel ?

* Solide sabre destiné à couper les broussailles.

Ce sont tant de problèmes pour une seule et si jeune tête... Je m'endors sur mes questions, chaque soir, et je rêve de forêts, de montagne et de mort.

Une seule chose est sûre : il serait bon qu'il pleuve.

***

— Et pourquoi, petit bandit, veux-tu qu'il pleuve ?

Cotte m'appelle « petit bandit » quand il est de bonne humeur. Il le faisait souvent, quand nous étions plus jeunes, il jouait avec moi, il me portait sur son dos, il me faisait mesurer ses biceps. Non, je ne les laisserai pas tuer Cotte...

— Réfléchis, grand frère ! S'il pleut, ils ne pourront pas se servir de leurs fusils, ta trace sera plus difficile à sentir pour les chiens, et les ravines vont gonfler.

— Ce sera plus dur de les traverser !

— Pour eux aussi ! Ils attendront peut-être, s'il pleut fort. Cela te donnera le temps de fuir loin.

Je n'ose pas dire « vous » : Niama n'apparaît pas vraiment dans mon plan. Elle est un fantôme inconsistant, une ombre ou plutôt un poids. Je ne me ferais pas tout ce souci pour Cotte s'il n'était flanqué d'une fille, et amollie, qui plus est, par la vie de grande maison. Elle va le retarder, elle va pleurer peut-être. Elle va le rendre vulnérable...

Cotte se gratte le menton. Nous ne sommes pas aussi poilus que les Blancs mais il lui est tout de même poussé un peu de barbe, une barbe frisée, courte et drue, qu'il aime caresser quand il réfléchit. J'espère avoir une aussi belle barbe quand je serai grand.

— Et… c'est tout ce que tu as imaginé, petit bandit ?

Je lui parle du sabre, de la corde et de tout le reste. Il secoue la tête et rit.

— Pour le sabre, d'accord, j'y avais déjà pensé. Mais des outils, des graines ! Pourquoi pas un bœuf pendant que tu y es, ou une demi-douzaine de porcelets ? Ou bien des œufs, que je couverais moi-même ? Tu rêves, petit bandit ! Je ne vais pas dans les montagnes pour y faire le Blanc et installer une ferme. Je vais dans les montagnes pour y vivre heureux avec ma Niama !

J'ai envie de lui dire que ce n'est pas son sabre qui la nourrira, sa Niama, mais il a prononcé le nom sacré, ce qui l'a plongé dans une rêverie béate. Il sourit même, le grand idiot !

Vraiment, il n'y a rien de plus nigaud qu'un grand frère amoureux…

C'est pour demain, ou après ; l'air est lourd, il fait très chaud.

Je n'ai rien dit de plus à Cotte mais je l'espionne.

Et j'ai préparé mon propre trésor de guerre, dans un sac à café que j'ai caché derrière le parc à cochons, sous une pile de vieux bois.

Maintenant que le grand jour approche, cette question terrifiante me taraude : comment faire, pour les chiens et les fusils ?

2. La fuite

Hier soir, Cotte m'a lancé un long regard, m'a pressé l'épaule sans rien dire. J'ai deviné ce que cela signifiait mais je n'ai rien répondu. Au contraire, j'ai fait semblant d'avoir compris autre chose et j'ai ri :

— Tu vérifies mes muscles ? Attention, ça pousse : dans quelques années, je te ferai rouler par terre !

Il a secoué la tête.

— Tu as encore du chemin à faire, petit bandit ! Et dans quelques années…

Il s'est tu tout de suite. Il ne voulait pas trop en dire. Par la porte de la case, je voyais la nuit s'épaissir de gros nuages. L'air était moite et il y avait de petites bouffées de vent, qui secouaient les hautes palmes des cocotiers.

Ce ne serait peut-être pas un ouragan, mais il pleuvrait…

Nous nous sommes couchés très tôt, juste après le repas. Ma mère reniflait parfois dans son coin. Cotte était silencieux. Je savais qu'il ne dormait pas. Seule Mascarine ronflait. Elle dormirait sur un tas de cailloux. C'est ce qu'on peut appeler une bonne nature. D'ailleurs, il faut une bonne nature pour trouver du charme à La Joie…

Le vent ne s'est vraiment levé qu'au milieu de la nuit, accompagné de grosses averses. Quand la pluie s'est mise à marteler les palmes sèches de notre toit, Cotte a commencé à s'agiter. Mais je lui ai dit :

— C'est trop tôt. Ou trop tard. Il n'a pas assez plu pour que cela gêne les chasseurs. Et si tu pars maintenant, tu ne seras pas très loin quand le jour se lèvera.

Il a grommelé. Rien n'est plus agaçant que se faire rappeler à l'ordre par un gamin, quand on a en tête une idée aussi forte que la sienne. Mais il a fini par murmurer :

— Tu as raison. Tu crois qu'il pleuvra plus demain ?

Je suis sorti sur le seuil de la case avant de répondre.

— Oui. L'air est encore très chaud, et le vent n'a pas changé d'orientation : demain, il soufflera plus fort et nous apportera plus de nuages.

— Comment sais-tu cela, petit bandit ?

— J'écoute les vieux.

J'aurais pu ajouter : je ne perds pas mon temps à tourner autour de la grande maison pour apercevoir une Noire habillée en blanc, au risque de recevoir du fouet…

Il m'a dit :

— Il faut que j'aille là-bas, que je lui dise. Elle doit être à attendre…

— Bien sûr. Sois prudent. Dis-lui aussi, pour demain, de se trouver des vieux vêtements sombres. Qu'elle vole ceux de la cuisinière si elle n'en a pas.

— Pourquoi ?

J'ai ri.

— Il n'y a rien de plus invisible, dans la nuit, qu'un Noir habillé de bleu foncé. Les Blancs ne sont pas malins : s'ils veulent savoir ce que nous faisons, la nuit, ils devraient nous habiller de coton clair, au lieu de faire tailler nos habits dans ces pièces d'indienne indigo !

— Mais sur le bleu, la saleté se voit moins.

— Il faut savoir ce qui compte le plus : la lessive ou la discipline des esclaves ?

J'ai senti, dans le noir, le mouvement de surprise de Cotte.

— Tu parles comme un Blanc, maintenant ?

— J'essaie de penser comme eux.

— Ah. Et qu'est-ce qu'ils feront, à ton avis, quand ils verront que je suis parti ?

— Ils mettront leurs meilleurs hommes et leurs meilleurs chiens sur ta trace : tu es un esclave « pièce d'Inde* », fort, en bonne santé, un gros travailleur qui vaut cher. Niama est jeune, et tu sais ce que le rat blanc veut d'elle... Ils seront comme des fous, Cotte !

Il est resté longtemps silencieux. Je devinais son ombre tassée près de moi. Puis il s'est redressé et a murmuré :

— Tant pis. Mieux vaut mourir...

Et il est sorti, se coulant entre les cases, droit vers la grande maison.

***

Cotte à peine parti, je file moi aussi.

La pluie est chaude, le vent masque tous les bruits. Près de certaines cases, d'autres esclaves sont dehors, tendant leurs visages vers le ciel, goûtant cette eau pure. S'il pleut assez, on ne pourra pas travailler aux champs demain, la terre sera trop grasse. Les commandeurs se contenteront de nous faire ramasser les branches cassées. Peut-être les dernières mangues du verger seront-elles tombées. Il faudra les mettre en paniers, on pourra en voler : pour beaucoup d'entre nous, ce début d'ouragan, c'est la fête...

* Les maîtres et les marchands d'esclaves qualifiaient ainsi un homme jeune, en pleine force. La « pièce d'Inde » atteignait les cotes les plus élevées dans les ventes, c'est-à-dire, parfois, le prix de trois ou quatre chevaux.

Je contourne prudemment ces groupes bavards, et me dirige vers la grande maison. Il n'y a guère de risque de se faire prendre : déjà, en temps normal, les commandeurs passent plus de temps à dormir qu'à faire des patrouilles, et ce soir, ils doivent être à boire l'arak* entre eux, dans leur cabane en planches, ils doivent penser que les Noirs qui ne ronflent pas sont tous dehors, bouche grande ouverte, à gober la pluie…

Les commandeurs n'ont pas tout à fait tort. Ils n'ont pas besoin de surveiller sans cesse ce que nous faisons la nuit : la peur est notre gardienne. On coupe les jarrets de ceux qui s'enfuient, on torture et pend ceux qui se révoltent : personne ou presque n'ose bouger. Ils ont les chiens, ils ont les fusils, ils ont tous les droits sur nous, et même si nous parvenions à tous nous enfuir, nos pays sont si loin… C'est comme cela qu'ils font tenir tranquilles des esclaves dix fois plus nombreux qu'eux.

Près de la grande maison, il y a les chiens de garde. Mais ils ne s'aventurent pas très loin de la

* Mot d'origine arabe désignant un alcool. Aux Mascareignes, on fabriquait surtout de l'alcool de canne en broyant dans un moulin de bois dur ou de pierre les cannes à sucre, qui sont de gros roseaux originaires de Java. Le jus, mis à fermenter, se transformait en « vin de canne ». Ce vin distillé donnait un rhum agricole, qu'on appelait jadis « arak », « guildive » ou « flangourin ». De nos jours, le rhum est plus couramment fabriqué avec les sous-produits de la canne, après qu'on en a extrait le sucre (rhum dit « industriel »).

demeure de leurs maîtres : ils savent que dès qu'ils s'écartent de ce domaine protégé, ils reçoivent des galets venus de n'importe où. Personne n'aime les chiens des Blancs, au camp…

Cotte n'a pas besoin d'affronter les chiens : sa belle dort dans la longère à l'arrière de la grande maison, avec Hortense, la grosse cuisinière. Cette cohabitation l'a jusqu'à présent préservée des entreprises de Monsieur Jean-Louis : Hortense a vu naître le rat blanc, elle l'a vu cul nu, elle lui a donné la bouillie. Et quand il tourne autour de la longère, certains soirs où la fièvre le travaille, elle ne se gêne pas pour le traiter de grand vicieux et le renvoyer chez lui ! Mais cela ne durera pas : il arrive toujours un jour où le maître rappelle qui il est, même à la vieille femme qui lui a torché le derrière.

Cotte doit être quelque part devant moi. J'avance prudemment, pour ne pas me heurter à lui. Mais je ne le suis pas jusqu'au bout : je m'arrête devant la cuisine. C'est une bâtisse trapue aux cloisons de bardeaux, installée à distance prudente de la grande maison : le pire danger, dans nos villages de bois, est le feu. Cette cuisine est celle des Blancs, exclusivement réservée à leurs repas, et à la pitance de leurs chiens et de leurs serviteurs. La cuisine des Noirs est au milieu de notre camp, mais un cuisinier y dort, et il a le sommeil si léger, au milieu de ces dizaines de regards gourmands qui l'épient, qu'on ne saurait rien lui voler, même pas un petit bout de manioc, sans qu'il se mette à pousser des cris épouvantables. Et là, c'est le fouet garanti ! En revanche, chez les Blancs, il y a peut-être quelque chose à grappiller : ils ne pensent pas qu'on puisse avoir une telle audace…

Mais la porte de la cuisine est bien fermée, par une grosse serrure. Celle du godon*, où sont rangés les grains et les victuailles, semble encore plus solide. J'y appuie mon visage et hume, par-dessus l'odeur de la terre mouillée, le fumet délicieux des saucisses et du lard. Ce sont là des friandises que nous ne voyons pas souvent ! Mon estomac se tord brutalement, réveillé par ces parfums.

Comme je fais le tour de la cuisine, pour voir si par chance Hortense n'aurait pas laissé un volet ouvert, je heurte une écuelle, où la pluie a délayé des choses sombres.

Je me penche, je hume : la nourriture des chiens ! Ils ne sont pas venus manger, à cause de la pluie. Veinards : ils sont assez bien nourris pour sauter un repas…

Il y a des os dans l'écuelle, auxquels adhère encore de la viande, et des bouts de légumes. Ils sont mieux nourris que nous, les chiens du maître… Nous, c'est le manioc bien épais qui cale le ventre, accompa-

* « Godon » est un mot d'origine indo-portugaise (car il y a eu des Indiens venus des comptoirs portugais comme Goa ou Calicut, à la Réunion) qui désigne une petite pièce où on range les provisions, les « grains » (haricots) et les conserves.

gné d'un peu de gras de porc pour donner du goût, et un petit morceau de viande le dimanche…

J'ai une soudaine envie de laper cette nourriture, si tentante malgré l'eau qui a ruisselé dessus, mais je me ravise : pense à demain, petit bandit, pense comme le ferait un grand marron…

Alors j'égoutte l'essentiel de l'eau, je presse la nourriture pour en faire une boule, et je cache le tout, mangeaille et écuelle, sous ma chemise. C'est une bonne écuelle en fer, elle peut faire de l'usage. On constatera sa disparition demain, Hortense la cherchera, elle avertira peut-être Grand Monsieur, qui chargera ses commandeurs de fouiller les cases… Et alors ? S'ils croient que nous sommes assez bêtes pour garder les objets volés dans nos cases…

Je me glisse à droite, vers le parc à cochons. Il est naturellement à l'ouest de la grande maison, sous le vent* : ainsi son odeur pestilentielle est-elle portée vers notre camp, plutôt que vers la demeure des maîtres… Ce soir, cette odeur est mon alliée : les chiens ne sentiront rien ici, même pas leur propre écuelle !

Sous l'auvent du parc à cochons, il y a le tas de bois sec. Je tâte les branches : pas une goutte de pluie sur elles. Elles sont bien à l'abri et isolées du sol par de vieilles planches. C'est le petit bois qui sert à Hortense pour démarrer son feu. Elle en garde

* Les vents dominants dans les îles de l'hémisphère sud sont les alizés, qui viennent du sud-est.

quelques brassées dans la cuisine mais l'essentiel est là, fines branches taillées dans la caféterie et le verger, et précieusement ramassées pour cet usage sacré : faire cuire le manger des Blancs.

J'ai caché mon sac là-dessous. Personne ne le trouvera : Hortense a la vue basse, et pourquoi irait-elle fouiller au fin fond de son bois sec ?

Toute la difficulté pour moi est de soulever les branches sans défaire leur arrangement. Mais on a toute la patience et toute la ruse du monde, quand on est prisonnier. On n'a que cela à faire : penser à la meilleure manière de s'enfuir. Les Blancs le savent – malgré tout ce que je dis d'eux, je sais qu'ils ne sont pas si stupides – et ont trouvé un bon moyen de nous faire tenir en place : ils nous font croire que nous sommes d'ici. Ils ont des petites attentions spéciales pour les esclaves « créoles », ceux qui sont nés dans l'île, et essaient, avec un sourire et une menue récompense, de leur faire croire qu'ils sont d'une caste supérieure aux Malgaches et Africains fraîchement arrivés. Moi, ce que je pense, c'est qu'avoir vu le jour ici fait que nous n'avons pas de souvenir de liberté. C'est cela qu'ils veulent cultiver : notre amnésie.

Ils nous répètent aussi que nous sommes nourris, logés, soignés et que ce sort est bien meilleur que celui des sauvages dans la brousse. C'est sans doute vrai. Nos écuelles ne débordent pas mais nous avons assez à manger pour être en bonne santé. Tous les ans, on nous donne une pièce d'indienne toute neuve, d'un beau bleu foncé, pour nous tailler des vêtements. Ceux-ci pâlissent à mesure qu'on les lave : nos chemises des champs finissent couleur de ciel, surtout dans le dos, où la sueur ruisselle. Quand nous sommes vieux ou malades, l'hôpital du Domaine nous accueille… Oui, on s'occupe de nous. Mais les Blancs, nés libres, ne mesurent pas bien ce qu'il y a dans l'autre plateau de la balance : le « sauvage » d'Afrique ou de Madagascar, même s'il a les flancs creux, même s'il meurt jeune de mauvaise chère ou de maladie, est propriétaire de lui-même.

Sous le bois, mon sac est là, intact. J'y glisse l'écuelle des chiens, en faisant bien attention de ne pas renverser la boule de nourriture. Elle rejoint deux épis de maïs un peu égrenés, une poignée de blé et quelques autres choses que j'ai ramassées ici et là. Parmi elles, la vieille lame de couteau dont Cotte n'a pas voulu. Ma mère l'avait jetée dehors, de peur que Sansquartier ne la trouve dans son bric-à-brac. Je l'ai ramassée. Il ne sera pas facile de lui ajouter un manche : le morceau d'acier est juste long comme ma paume, et si je veux en pincer la base entre deux bouts de bois, ce ne sera plus qu'un couteau pour bébé…

J'ai aussi, dans le fond du sac, deux pierres à feu, des toutes petites. Volées à la cuisine du camp. C'est facile : on fait tomber la pierre à terre, on la saisit entre ses doigts de pied et on s'en va en marchant naturellement.

Je referme le sac sur mon nouveau trésor, et je rentre vers la case. Tout de même, si je fais le compte, je n'ai pas grand-chose pour aider notre fuite.

***

Cotte arrive peu après moi. Il grogne :

— Elle dormait ! Tu te rends compte ? Elle dormait !

J'ai envie de lui dire : « Qu'est-ce que tu espérais d'autre ? C'est une fille de maison, une ramollie. » Mais j'aime trop mon frère, alors je suggère :

— Elle avait dû t'attendre longtemps. Le sommeil lui est tombé dessus…

— Oui. Tu as sûrement raison. Je lui ai dit, pour les habits. Elle trouvera ce qu'il faut. Elle a dit que tu étais bien malin, pour un gars de ton âge.

J'essaie de lutter contre la fierté qui m'envahit. Faut-il que nous soyons nigauds, pour nous laisser griser par le premier compliment venu, dès qu'il tombe d'une bouche féminine !

Je ne réponds pas, me tourne de mon côté : il faut dormir, si nous voulons être en bonne forme demain…

***

Le jour se lève sous un rideau de pluie. Par moments, ce sont de véritables déluges qui martèlent les palmes au-dessus de nos têtes. De grosses flaques se sont formées sur la terre battue, à l'intérieur de la case : le toit est saturé d'eau, les gouttières se multiplient. Heureusement, nous entretenons toujours le petit canal qui fait le tour de la bâtisse, et empêche les eaux ruisselantes d'y entrer. Les négligents doivent être assis dans la boue, à l'heure qu'il est !

La cloche appelle, malgré la pluie. Nous nous alignons devant la cuisine, nos écuelles à la main. L'eau frappe nos têtes, dégouline dans nos cous, plaque nos chemises sur nos dos. La terre ramollie remonte entre nos orteils. Je trouve ça drôle…

Pas de manger chaud, ce matin, mais du manioc bouilli d'hier. Tant mieux : quand la pitance est froide, le cuisinier est moins regardant. C'est comme s'il se sentait coupable de ne pas avoir allumé le feu : il donne des parts plus grosses. Celle que j'emporte est énorme. J'en fourre une partie sous ma chemise. Quand j'arrive à la case, je vois que Cotte a fait comme moi, ainsi que ma mère et Mascarine. Tout le monde pose ses excédents devant Cotte, qui bafouille :

— Vous avez pris ça pour moi ? Mais ils vont se souvenir, ils devineront que vous m'avez aidé, que vous saviez… Vous serez fouettés !

Mascarine baisse la tête mais ma mère dit :

— De toute façon, ils nous fouetteront. Mais que cela ne te fasse pas fléchir, mon joli cœur : fais ce que tu dois faire. Fais ce que je n'ai pas osé. Et si cette femme te mène vers la liberté, qu'elle soit bénie.

Elle a dit « cette femme », pas « Niama » : jusqu'au dernier moment, elle aura eu de la défiance vis-à-vis d'elle. Si elle savait que Niama ronflait comme une bienheureuse, la nuit dernière, tandis que son amoureux risquait sa peau pour elle...

Voici donc Cotte bien doté en manioc bouilli. S'il n'est pas trop gourmand, il doit pouvoir tenir deux ou trois jours avec ça. Pourvu que Niama ait pu faire de même de son côté. Cotte lui a demandé d'essayer de voler un peu de viande boucanée*. Cette fille sera-t-elle assez maligne pour déjouer la vigilance d'Hortense la cuisinière ?

La matinée est consacrée, comme je l'avais deviné, à de menus travaux : curer des rigoles, amarrer quelques arbres qui pourraient être déchaussés par le vent. Naturellement, personne ne se soucie de savoir si nos paillotes vont résister, elles. Les Noirs espèrent même que le vent en basculera quelques-unes : c'est le meilleur moyen d'avoir des cases neuves !

À midi, soupe de manioc chaude, avec un peu de

* Le boucanage est une manière de fumer les viandes pour assurer leur conservation. Le mot « boucan » vient des Indiens Tupis d'Amérique, et signifie « grill à viande ». Il est passé des Caraïbes à l'océan Indien avec les fameux « boucaniers », qui chassaient les bœufs sauvages de Saint-Domingue (actuelle Haïti) pour en vendre la viande séchée et fumée aux navires de passage.

lard. Le maître sait que nous perdons plus de forces quand il pleut et vente. Il soigne son cheptel… Sansquartier n'est pas autant sur notre dos que d'habitude : avec toute cette boue, il ne peut pas mettre ses chaussures, dont le cuir craque de tous les côtés. Or, s'il sait parfaitement marcher et courir nu-pieds, son orgueil s'oppose à ce qu'il se déplace comme un esclave ordinaire. Tant mieux : ainsi tu verras moins nos manigances, commandeur !

Je n'ai pas pu conserver de soupe : dans quoi l'aurais-je mise ? Alors je l'ai avalée jusqu'à la dernière goutte, priant pour qu'elle me donne assez d'énergie.

L'après-midi, la chance me sourit. Le vent a arraché des bardeaux au toit de la cuisine et Sansquartier me désigne pour aller aider le vieux Grand-Dent, le charpentier, qui doit réparer tout de suite, malgré le danger : Madame Berthe ne veut pas que sa viande soit arrosée.

Quand j'arrive, Grand-Dent est au haut de l'échelle, secoué par les rafales de vent. Il est maigre comme un chien errant et son surnom ne se justifie plus guère : sa mâchoire est presque vide, ce qui lui donne un drôle d'accent. Il aboie des mots vers moi, que je ne comprends pas tout de suite. Ah, aller prendre les bardeaux dans le tas derrière la longère. Compris, le vieux, j'y cours !

Je croise en route la grosse Hortense, qui rentre chez elle, et une idée fulgurante me vient : si elle n'est pas dans la cuisine…

Une fois les bardeaux rapportés, je me précipite

dans la pièce, prends un grand panier de vacoa*, et commence à y entasser les saucisses, le boucané qui pendent du plafond. À tout hasard, j'empoche un petit pot de piments moisis : le contenu semble immangeable mais le pot pourrait servir.

Puis je galope à nouveau pour les bardeaux. Puis je retourne dans la cuisine...

Je suis en plein travail quand la grosse voix d'Hortense me fait sursauter :

— Petit voleur ! Je t'y prends !

— Je volais rien, M'ame Hortense ! Je mets les saucisses à l'abri ! Regardez : ça coule, là ! Tout ce qui est mouillé va pourrir ! J'ai déjà mis un panier dans ce coin, sous des feuilles de banane.

La grosse Hortense m'examine d'un regard aigu.

— Et qui t'a ordonné de faire ça ?

— Personne, M'ame Hortense ! Mais Sans-quartier, not' commandeur, dit toujours qu'il faut savoir quand une bonne chose doit être faite, qu'il faut se servir de sa cervelle ! C'était pas une bonne chose, M'ame Hortense, de ranger vos saucisses ? Je vous ai appelée, mais avec le vent, vous avez pas entendu, sûrement...

Elle sourit.

— Bien sûr... Tu es un bon garçon... Tu as voulu rendre service... Pose ce panier là, veux-tu ?

* Le vacoa est un arbre qui ressemble un peu au palmier et pousse en bord de mer. Ses feuilles très fibreuses peuvent être tressées en solides paniers et même en cloisons pour les maisons.

J'ai à peine posé le panier qu'elle arrête de sourire, fonce sur moi comme une furie, tire sur ma chemise.

— Montre-moi ce que tu as volé, canaille !

Mais il n'y a rien dans ma chemise, que des éclats de bois tombés des bardeaux.

— Ouvre ta bouche ! Grand ! Souffle !

Je ne sais pas ce que ça sent, quand je souffle, mais sûrement pas la saucisse fumée. Elle recule, perplexe.

— Bon, c'est bien. Je vais continuer le travail. Et que je ne te revoie pas ici, hein ! Sinon…

Elle brandit le gros balai dans ma direction. Je me paie l'audace de la regarder et de lui demander :

— Vous auriez pas un vieux bout de pain, M'ame Hortense ? Tout ce travail m'a donné bien faim…

— Et ça mendie, en plus ! Tiens, attrape ça et disparais !

Je chanterais presque en m'en allant : sous le tas de bardeaux, derrière la longère, il y a un pot de piments moisis, deux saucisses et un morceau de boucané grand comme mon avant-bras. J'aurais bien volé plus, mais j'ai eu peur qu'Hortense s'aperçoive de mon prélèvement. Elle le constatera sans doute quand elle raccrochera ses victuailles, après la pluie. Mais à ce moment-là, si tout va bien, nous serons loin…

En revanche, je n'ai pas osé prendre un des grands couteaux de cuisine. Ils sont très attentifs à cela. Je suis sûr que c'est la première chose qu'elle a vérifiée, en entrant. Ils ont si peur que nous en fassions des armes…

En retournant au camp, je prends un sac vide derrière la caféterie. Bien sûr, Sansquartier me fonce dessus quand il me voit arriver avec ça.

— Qu'est-ce que tu fais avec ce sac ?

— C'est M'ame Hortense ! Elle veut que j'aille lui chercher du bois sec : il a beaucoup plu dans la cuisine et sa réserve est mouillée. Elle m'a donné un sac pour que j'en rapporte beaucoup. Je suis venu vous rendre compte : c'est vous le commandeur, pas Hortense…

Il éclate de rire.

— Oh là ! Pas question de contrarier M'ame Hortense ! Elle ne me donnerait plus ses restes de gâteau… Va au bois, petit. Mais ne traîne pas en route !

L'instant d'après, le sac à café vide rejoint son compagnon sous le tas de bois sec. Je réfléchis un moment, me demandant ce que je pourrais chaparder d'autre. Mais il n'y a rien qui en vaille la peine. Et il ne faut pas trop forcer la chance. Je rentre travailler avec les autres. Je m'efforce de ne pas trop approcher de Cotte ni de ma mère : ils se demanderaient pourquoi j'ai l'air si gai.

***

La nuit est arrivée, trop vite. La pluie, qui s'était un peu calmée, a repris de plus belle. Le vent n'est plus aussi fort : les toits des cases ne s'envoleront pas cette nuit. Cela veut dire aussi que demain, le temps sera un peu plus calme : ce n'était qu'un bébé d'ouragan, rien qui puisse faire peur. Simplement, les cascades se sont réveillées dans la montagne et on entend, même d'ici, les ravines gronder : quelques obstacles de plus sur la piste des chasseurs... et de leur gibier.

Il faudra fuir cette nuit. Il n'y a pas d'autre choix. Demain, Hortense s'apercevra de mon vol, Sansquartier saura du même coup que j'ai aussi chapardé un sac. Ils fouilleront tout, ou bien ils me fouetteront jusqu'à ce que je parle. Alors ils sauront que je voulais partir marron. Et l'intention est presque aussi durement punie que l'acte, tant la désobéissance des Noirs effraie les maîtres.

Cotte ne dit rien. Je sais qu'il hésite. En sortant du camp, sa Niama à la main, il va aussi sortir de la loi. La sanction est la souffrance, peut-être la mort. Et s'il part, il ne reviendra jamais ici, il ne reverra jamais notre mère, ni Mascarine, ni moi, pense-t-il.

C'est notre mère qui lui donne le courage.

— Sois un homme ! dit-elle. Fais ce que je n'ai jamais osé. Montre-leur !

Alors il roule sa natte, roule dans un linge tout ce que nous avons pu ramasser comme nourriture : le manioc d'hier, quelques bananes, des feuilles de chou... Il se roule une grande ficelle autour de la taille (il a pensé aussi à la corde : c'est un malin, mon grand frère), regarde autour de lui et chuchote à ma mère :

— Tu n'as plus ce vieux couteau ? Finalement, il aurait pu me servir…

— Non, je l'ai jeté. Si j'avais su…

— Ce n'est pas grave. Je me débrouillerai sans.

Il se lève. Nous nous approchons de lui, il nous serre tous dans ses bras, très fort, sans un mot. Puis il sort, son ballot sur le dos.

Je laisse un moment se passer puis je me lève à mon tour. Je ne ramasse pas ma natte – je pense qu'elle ne pourrait que m'encombrer dans la forêt – mais je roule tout mon linge, jusqu'à mes plus vieilles chemises. Mascarine pousse un cri étouffé, ma mère ne pipe pas mot. Mais quand j'ai fini, elle me tire le bras.

— Viens que je t'embrasse, mon tout-petit. Tu as grandi si vite… Tu as bien réfléchi ?

Je hoche la tête, sans parler. Si j'ouvre la bouche, je vais fondre en larmes.

— Alors va ! Suis ton destin. Ils seront moins durs avec toi s'ils te prennent. Tu es si jeune…

J'ai envie de lui dire qu'ils ne me prendront pas, mais je me contente de hausser les épaules, comme un homme. Je les regarde toutes les deux, avec le blanc de leurs yeux si écarquillés dans l'obscurité de la case, et je sors. C'est la dernière image que je garderai d'elles : des yeux qui roulent dans le noir…

Je marche vite vers la longère. Quand j'y parviens, j'entends des chuchotements énervés. C'est la grosse Hortense qui joue les cerbères.

— Niama ? À cette heure-ci ? Et pour quoi faire, Jolicœur ?

— Ce n'est pas ton affaire !

— Ah, que si ! Si elle revient grosse, qui est-ce qui sera punie? Hortense ! Je suis chargée d'elle depuis qu'elle a dix ans. Pas question qu'un mâle y touche ! Pas plus toi que Monsieur Jean-Louis !

— Hortense, elle doit venir !

— Mais… Ce ballot, ces vieux vêtements… Tu veux partir, Niama ? Vous allez partir marrons ?

J'entends la voix de Cotte, nouée, basse :

— Oui. Et si tu donnes l'alerte, la grosse, je reviendrai de crever la panse, je te le jure !

Et soudain, douce, enjôleuse, la voix de Niama. Comme du miel… Pas étonnant que Cotte en soit devenu fou : elle est tout ce qu'il n'est pas.

Niama dit, ou plutôt elle miaule :

— Jolicœur, ne crie pas sur ma bonne Hortense. Et toi, Hortense, ne te fâche pas… Tu sais pourquoi je pars. Jolicœur est un bon garçon ; il veillera sur moi.

— Deux fous ! Vous êtes deux fous ! Mais je suppose qu'il n'y a rien à dire, non ? Tout le camp doit déjà être au courant et si demain vous êtes encore là, vous serez fouettés de toute façon ! Sois rassuré, sale garçon, je ne donnerai pas l'alerte. Je ne veux pas que ma petite Niama soit déchirée par les chiens.

Mais s'il arrive malheur, c'est moi qui te le dis, chenapan : j'irai cracher sur ton cadavre !

Bon, ça s'arrange. Je fouille discrètement dans la pile de bardeaux, pour récupérer mon pot de piments, mes saucisses et mon boucané, et je me glisse vers le parc à cochons. J'ai encore le temps d'entendre Hortense murmurer, comme je repasse près de la longère :

— Prenez, c'est du bon pain ! Si j'avais pu deviner…

Accroupi près du parc à cochons, j'ai le temps de voir Cotte et Niama monter vers les bois. Ils ont pris le chemin direct, ils vont sûrement remonter vers le Bras Malin, pour être le plus vite possible à l'abri des forêts. Après, piqueront-ils à droite ou à gauche, continueront-ils droit vers les terres froides ? Il faudrait que je sois sur leurs talons pour le savoir. Mais j'ai à faire ici… Bah, je les rattraperai : j'ai l'impression que les petits pieds délicats de mademoiselle Niama ne trottinent pas très vite dans le noir.

Je me cale près du tas de bois sec, je sors les deux sacs et j'attends. Longtemps, le plus longtemps possible. Pas un bruit dans le camp, ni du côté de la maison en planches des commandeurs. De temps en temps, un grain de pluie s'abat sur le Domaine, voilant tout. Je suis seul. Je ne suis plus dans l'abri rassurant de la case, je ne suis pas encore dans le mystère des forêts. Je suis accroupi, vulnérable, auprès du tas de bois, dans l'odeur gluante des cochons, et j'ai froid. Mais il faut être patient.

Attendre. Attendre encore un peu...

***

Le milieu de la nuit doit être passé. Un nouveau grain vient de s'abattre et malgré l'obscurité, j'en devine un autre qui approche. Il sera là bientôt. C'est le moment.

J'ai bien préparé la niche dans le tas de bois, avec des bouts d'écorce bien sèche. Les deux pierres sont à côté. Tout est prêt.

Je contourne le parc à cochons, plié en deux. Les bêtes grognent dans leur sommeil. Si j'avais eu un sabre, j'aurais pu assommer un porcelet, l'emporter avec moi... Non, ce n'est pas très malin : la truie aurait entendu, elle aurait poussé de grands cris. En revanche, elle n'entend pas quand je lève doucement la targette, et ouvre largement sa porte. Les porcs voisins dorment aussi.

Toutes les portes du parc à cochons sont bientôt ouvertes. Je retourne à l'arrière de la cabane, je me penche près de mon tas de bois et, courbé au-dessus de mes écorces sèches, je bats les pierres à feu.

Heureusement que je me suis entraîné : l'étincelle n'est pas si facile à obtenir. Et quand l'une d'elles tombe enfin sur l'écorce, son point rouge s'éteint vite. Trop humide je n'y arriverai jamais.

Mais voici qu'un des points rouges s'agrandit. Je

souffle doucement dessus, il devient jaune d'or et, soudain, se transforme en une petite flamme. J'attends encore un peu, pour être sûr qu'elle ne va pas s'éteindre, puis je ramasse mes sacs et je pars en courant, sur la piste des montagnes.

Je cours, je cours, jusqu'à ce que mon cœur éclate.

Je me retourne : rien. Le silence de la nuit balayée de rafales. Un rideau de pluie me masque le Domaine. Je reprends ma route, attentif à ne pas glisser : si je me tords une cheville, je suis mort. J'essaie, dans l'obscurité, de deviner les taches un peu plus sombres des rochers, et tout ce qui peut ressembler à une trace de sentier. Je sais qu'il y a une piste qui monte droit vers les forêts. C'est celle qu'empruntent les hommes quand ils vont chercher du bois. Cotte y est déjà allé, une seule fois : les commandeurs essaient de varier les équipes, afin que les esclaves ne se souviennent pas bien du chemin qui pourrait les mener vers la liberté. Mais je sais que Cotte n'a pas oublié… Il faut que je suive cette piste, au moins jusqu'au petit jour : si je me perds dans les épines, c'est fichu.

Je monte, je monte encore. Parfois, je me mets carrément à quatre pattes, je me plaque au sol pour essayer de deviner la sente, puis je repars, à pas prudents. Ne pas tomber, ne pas me perdre, et pourtant fuir le plus vite possible…

Soudain, je bute dans une forme sombre. La natte ! La natte de Cotte ! Mon cœur bondit. Ils sont donc passés par là. Comme je le pensais, sa natte l'a encombré, il l'a laissée tomber. Mais pourquoi l'abandonner au milieu de la piste, comme un indice de son passage ?

Je réfléchis un moment. Cotte n'est pas stupide au point de laisser une telle trace. Donc…

Je redescends lentement, scrutant les buissons. Le sentier, tout à l'heure, passait assez près de la ravine, dont j'ai entendu le ronflement, par-dessus le bruit de la pluie. J'approche de cet endroit, je regarde… Il y a une trouée dans le rideau de ronces. Je m'y glisse. De l'autre côté, une plaque d'herbe écrasée me dit tout : ils sont passés ici. Cotte était encombré par sa natte, il a eu l'idée de s'en débarrasser de manière utile : sa ruse fera peut-être perdre quelques instants aux chasseurs. Pas grand-chose, mais cela peut suffire à faire la différence entre la mort et la vie.

Je souris : je suis fier de toi, mon grand frère, qui cours devant moi, ta belle sur les talons.

Et, juste à ce moment, j'entends le tintement affolé de la cloche, tout en bas. Je me hisse sur un rocher, je regarde. La pluie a cessé et, dans un rideau de brume, je découvre une grande lueur : le parc à cochons flambe ! Ils doivent être tous à courir derrière les bêtes échappées, à se demander qui a pu faire ça. Dans cette confusion, et avec les esclaves galopant en tous sens, il sera difficile de faire l'appel : les commandeurs ne sauront sans doute rien avant l'aube, et les pataugements des hommes et des bêtes auront effacé nos premières traces.

Cependant, maintenant que j'y réfléchis, je me demande si ma ruse nous aura fait gagner beaucoup de temps : et si j'étais parti sans rien toucher, sur les traces de mon frère ?

Je ne sais pas. Peut-être croiront-ils à une tentative de révolte, ou à une attaque de Noirs marrons. Peut-être seront-ils un peu plus fatigués, un peu moins habiles à suivre nos traces, quand le jour sera levé. Peut-être…

Une seule chose est sûre : en mettant le feu, j'ai commis un crime bien pire que la fuite. Et pour ce genre de crime, il n'y a qu'une punition.

3. La montagne

Je reprends ma course. Que faire d'autre ?

Mais je suis bien près de pleurer : il n'y a pas de retour possible. Et que vont-ils faire à notre mère et à Mascarine ?

J'avance prudemment, tête basse, scrutant le sol. Parfois, je sens un souffle glacé qui me monte au visage, j'arrête net : le précipice est tout près, d'où s'élève ce vent. Au fond, à une distance que je ne peux pas estimer, rugit le torrent.

Il y a longtemps que je n'entends plus la cloche du Domaine, que je ne vois plus la lueur de l'incendie. Mes jambes sont terriblement douloureuses, j'ai écorché mes chevilles aux ronces du chemin, mes bras sont en feu, à force de porter mes sacs mouillés. Mais je ne vais pas les lâcher, je ne vais pas arrêter non plus. Je monte et monte encore, abruti de fatigue. C'est un peu comme quand on pioche les champs toute une journée sous un soleil de plomb : au bout d'un moment, le corps travaille tout seul et l'esprit s'évade. Par moments, je sens ma tête qui chavire. Heureusement, j'ai toujours ce réflexe de stopper net quand l'air froid montant du précipice effleure ma figure.

Puis une lueur de jour apparaît au-dessus des montagnes, je commence à distinguer mes pieds sur le sol, à différencier les roches de l'herbe. Finalement, le gouffre n'est pas si proche, ni si vertigineux. Je me suis effrayé à de faux dangers. Tout de même, si j'avais roulé au bas de ce talus, j'aurais pu me tuer…

Je me repose un moment. Pas trop longtemps : mon expérience aux champs m'a enseigné qu'il ne faut pas laisser le corps se refroidir, sinon on ne repart plus. Merci, Sansquartier, pour cette leçon.

Mes pieds sont en sang. Cela laisse des traces sur les roches. Les chiens les sentiront, à moins qu'il pleuve très fort. J'entoure mes plaies avec de l'herbe. Mais cela ne tiendra pas. Il faudrait pouvoir les bander… Non, pas question de sacrifier un de mes vêtements pour cela. De toute façon, un pansement est inutile si je continue à marcher. Et que faire d'autre que marcher ?

Alors je ruse. Je prends dans mon sac une boulette de la pitance pour chiens que j'ai volée la nuit dernière, et je l'écrase, soigneusement, avec un peu des piments. Je cache mon appât à l'abri de la roche, près de l'endroit où mes pieds ont laissé leurs traces sanglantes. Puis je claudique vers le torrent.

Le courant est violent, une eau brune et opaque qui glisse sur les rochers. Cependant, ce n'est pas trop large : les pluies n'ont pas été très fortes. Je mets mes sacs l'un dans l'autre, les lance de l'autre côté, puis je saute. J'atterris sur l'autre bord, manque tomber à l'eau, me raccroche à des racines... Sauvé !

La première étape de ma ruse est réussie, passons maintenant à la seconde. Je remonte le long de la ravine, marchant dans l'eau à chaque fois que le courant me le permet, lavant mes traces sur les rochers quand il m'a fallu les escalader. Après avoir parcouru comme cela une bonne centaine de toises*, je me hisse sur le versant, jusqu'au bord de la forêt, j'entre un peu dans le bois en laissant exprès quelques traces, puis je reviens sur mes pas, retourne dans l'eau : encore une fausse piste qui déroutera leurs chiens, si leur flair n'a pas été suffisamment endommagé par la pâtée aux piments...

Je remonte ensuite comme précédemment, avec les mêmes précautions et, pensant avoir assez finassé pour le moment, je me hisse sur la rive dont j'étais parti, supposant que Cotte n'a pas fait traverser le torrent à sa belle : j'ai comme idée que

* Ancienne mesure valant six pieds, soit près de deux mètres.

Niama la coquette n'est pas capable de sauter une ravine en crue.

***

Les événements me donnent bientôt raison : je trouve une trace de pied dans la terre grasse, que je camoufle de mon mieux, puis un débris de tissu accroché à un buisson, que je ramasse dans mon sac. Mais comment Cotte espère-t-il s'en sortir, avec cette nigaude qui marque ainsi sa piste ?

Je presse le pas : nous entrons dans la grande forêt, les pas seront moins visibles, il faut que je sache quelle direction ils vont prendre…

Le soleil effleure à peine les hauts sommets que je les entends. Déjà ? alors qu'ils avaient une demi-nuit d'avance sur moi ?

La voix de Niama n'est plus douce et caressante. Elle gémit :

— J'ai les pieds en sang, Cotte. Je ne peux pas aller plus loin. Abandonne-moi…

Moi, je l'aurais prise au mot, mais ce grand sot se met à la supplier, à lui dire que ce sera plus facile tout à l'heure, qu'il la portera s'il le faut, mais qu'ils doivent monter encore, avant que les chiens soient lancés sur leur trace.

— Tu comprends, dit-il, j'ai sauté plusieurs fois la ravine, pour laisser mon odeur de l'autre côté, mais ils finiront bien par retrouver la bonne trace.

Tiens, il a eu la même idée que moi ! Ils ne vont rien y comprendre, les chasseurs…

Elle pleurniche encore, mais je les entends s'éloigner. Je les suis à pas prudents : j'ai le sentiment que Cotte ne serait pas tout à fait content de me voir maintenant.

Nous montons le long de la ravine, dans la forêt. Il ne pleut plus, des oiseaux chantent, l'eau rugit moins fort dans la vallée à ma droite, qui ressemble de plus en plus à une faille, comme un coup de hache dans la montagne.

Les arbres ont changé. Ils étaient malingres et plantés très serrés, au début de la forêt, et entremêlés de ronces. Maintenant, les troncs sont beaucoup plus gros et espacés, les branches font comme un toit qui laisse passer une lumière diffuse. Des mousses pendent de ces branches, qui ressemblent à des chevelures de vieilles femmes. Cette forêt, qui avance jusqu'au bord de la ravine, ressemble à une immense maison verte soutenue par des centaines de piliers. Je m'y sens étrangement bien, plus léger. Mes pieds ne saignent plus, maintenant que je peux faire attention à l'endroit où je les pose. J'ai un peu oublié ma fatigue. Tout de même, ce que j'aimerais m'allonger dans cette herbe épaisse, au bord des arbres…

La ravine remonte soudain à ma hauteur, au niveau d'une longue et fine cascade. Après, c'est du terrain uniforme, l'eau ruisselle dans un creux léger, elle est beaucoup moins puissante qu'en bas, facile à traverser. C'est là, sans doute, qu'ils vont se décider…

Je me cache dans les buissons, attendant que Cotte ait fait son choix. Il palabre un peu avec Niama, dont je devine la silhouette allongée dans l'herbe. Elle répond en geignant. Mais quelle idée a-t-il eue de s'encombrer d'une fille ?

Soudain, je le vois qui se lève et part. L'abandonne-t-il ? Non, puisqu'elle ne dit rien et reste étendue là, tranquille. J'attends un moment, découvrant peu à peu combien mes jambes me font mal, je m'assoupis un peu, le corps au premier soleil, laissant la chaleur entrer en moi.

Un bruit de voix me fait sursauter. Les chasseurs ?

Non, ce sont Cotte et Niama. Elle proteste. Il fait de grands gestes, élève un peu le ton. Enfin, un peu d'énergie !

Elle geint encore mais se lève. Et ils repartent. Parvenus au ruisseau, ils le traversent vers le sud. Logique : plus on va au sud, moins la région est habitée. La colonisation a commencé par le nord et l'est de l'île, et le grand sud est quasiment désert. On dit que très loin, là-bas, personne ne veut aller, car il y a une grande montagne qui crache du feu. Mais je ne vois pas de montagne, que le vert infini de la forêt. Il est vrai que nous ne sommes qu'à une demi-journée du Domaine. J'ai peine à le croire, tant le paysage qui m'entoure est différent. Cette île est bien plus grande qu'il n'y paraît, les Blancs n'en possèdent que la frange et le reste est à nous…

J'attends un bon moment que Cotte et Niama se soient éloignés, puis je pars droit vers le nord. Quand j'ai marché un bon moment, je sème quelques-unes de mes boulettes au piment. Ensuite je reviens sur mes pas et monte vers l'est, où est le sommet des montagnes. J'y renouvelle mon opération. Enfin, je traverse le torrent sur les traces de Cotte et Niama et, là aussi, je mets en place mes petites ruses.

Je devine à quel point tout cela est dérisoire : ai-je une chance de tromper des chiens de chasse ?

À cette heure, la cloche du matin doit sonner au camp, Sansquartier va faire l'appel et noter notre absence. Il est même possible, compte tenu des événements de la nuit, qu'il ait fait l'appel avant l'heure de la soupe… À l'évocation de la soupe, mon estomac se noue. Non, petit bandit, il ne faut pas manger encore ! Tu dois d'abord rejoindre ton frère et Niama.

Le sol est plus sec ici, plus égal. Les pieds ne laissent aucune trace sur le tapis de feuilles sèches. Je hâte le pas, je cours à chaque fois que je peux. Cotte et Niama sont-ils vraiment passés par là ? Je ne vois aucun indice. Et si c'était encore une ruse de Cotte pour tromper les chasseurs ?

Au moment où je commence à douter, j'entends leurs voix. Ils parlent vraiment trop, c'est dangereux. J'approche à pas de loup, et j'entends Niama qui rouspète encore :

— C'est tout ce que nous avons à manger, du manioc bouilli et tout écrasé ?

— Mais tu devais voler de la viande, de la saucisse et du boucané !

— Comme si c'était facile, avec Hortense !

— Et c'était facile, tu crois, d'organiser notre fuite ? Bon, si tu veux, on peut manger le pain qu'Hortense nous a donné. Mais le manioc risque de se gâter, et après on n'aura plus rien...

— Et les marrons ? Les grands marrons dont tu m'as parlé ? Ils ne vont pas nous nourrir ?

— Je ne sais pas où ils sont, les marrons ! Ils sont peut-être très loin ou ils sont peut-être là, derrière les arbres...

Par jeu, je fais craquer une branche sous mon pied. Niama sursaute :

— Tu as entendu ?

Elle ne ronchonne plus, soudain. Elle se rapproche de mon frère. Je sens le moment où elle va se jeter dans ses bras. Lui se redresse, tendu, tenant ferme dans sa main droite une espèce de gourdin.

Alors je sors de ma cachette, disant tranquillement :

— Vous voulez peut-être un peu de boucané avec votre manioc ?

***

D'abord, Cotte n'a pas été content, pas content du tout.

Puis il a ri, en me voyant sortir de mon sac mes menus trésors : les deux saucisses, la bande de boucané, la vieille lame de couteau, mon ballot de linge, la ficelle…

— Ah, petit bandit ! Tu avais bien préparé ton coup, hein ? Pourquoi tu n'as rien dit ?

— Tu ne m'aurais pas laissé faire… Tu aurais dit que j'étais trop petit.

— Peut-être… Mais dis-moi comment tu as fait pour voler tout ça à Hortense ?

Je lui ai raconté. Il a beaucoup ri. Je lui ai dit aussi, pour les boulettes de pâtée assaisonnée aux piments. Là, il a commencé à me regarder d'un autre air.

— Dis donc… J'avais pensé, moi, à brouiller notre piste…

— Je sais, j'ai vu.

— Mais tromper les chiens… Comment as-tu eu cette idée ?

— Je ne sais pas. C'est venu comme ça. J'ai volé la pâtée et l'écuelle, puis après j'ai vu les piments et…

Je me tais : notre mère adore les piments, et elle en a toujours un ou deux pots dans la case, qu'elle range au-dessus d'une poutre, pour que la poussière ne s'y mette pas. Nous ne la reverrons jamais, ni elle ni Mascarine…

— C'est bien, conclut Cotte. Maintenant, tu peux nous donner un peu de ton boucané ? De tout petits bouts : il faut que cette viande nous dure plusieurs jours.

Je coupe de fines tranches dans la bande de lard avec la vieille lame de couteau. Je suis fier : c'est moi, le petit, qui nourris les grands. Le boucané est coriace, et terriblement salé. D'habitude, on le fait bouillir dans de grands plats de haricots ou avec le fruit battu du jacquier*. Mais il n'est évidemment pas question de cuisiner ici.

Tandis que nous mâchons, j'observe Niama. C'est vrai qu'elle est belle. Il y a en elle quelque chose de fin, de fragile, qui donne envie de la regarder longtemps, sans essayer de la toucher. Ses mollets sont déchirés par les ronces, le bas de sa vieille robe est en lambeaux, mais elle a toujours l'air d'une dame. Une dame au visage couleur de charbon, c'est d'un drôle ! Et je me demande si une dame est bien à sa place dans cette forêt sauvage...

Justement, il faut repartir. Elle grogne et son visage se ferme, comme ceux des enfants quand ils ne veulent pas obéir.

— Bouge ! finit par crier mon frère. Bouge, si tu ne veux pas mourir !

* Le jacquier est un grand arbre originaire d'Asie, qui donne les plus gros fruits du monde. Ils sont si lourds (jusqu'à 30 kilos, le poids d'un enfant) qu'ils ne poussent pas au bout des branches, mais directement sur le tronc, comme de grosses masses vertes. Le fruit peut se consommer mûr mais, à la Réunion, on l'utilise surtout à la manière d'un légume, haché menu et cuit avec du lard boucané. C'est délicieux.

Elle se met à pleurer mais se lève tout de même. Je me demande si ce couple va durer longtemps…

Cotte masque son embarras en me tirant à part.

— J'avais l'intention de remonter vers l'est à la première ravine que je rencontrerais, dit-il ; il paraît que la forêt disparaît quand on arrive dans la haute montagne, et qu'il y a de la roche nue. Nos traces y seront invisibles, et s'il pleut la nuit prochaine, leurs chiens seront définitivement bernés. Qu'en penses-tu ?

D'être soudain consulté par mon grand frère, mon héros, sur une question aussi grave me fait tourner un peu la tête. Hier, j'étais un petit Noir à tout faire, dans un camp où personne ne faisait attention à moi. Ce matin, je suis un marron !

***

Nous avons fait comme Cotte pensait. Niama a pleurniché et traîné un moment, puis sa fatigue a été telle qu'elle s'est tue et mise à monter derrière nous, le nez penché vers la roche. De temps en temps, elle reniflait, c'est tout.

Je marchais derrière Cotte. Il avait choisi un bord de ravine, où ne coulait qu'un maigre filet d'eau. Les roches arrondies par d'anciennes crues étaient douces sous nos pieds, nous progressions vite, et sans trace. Je voyais bien que Cotte avait envie de se retourner, quand Niama reniflait un peu fort, mais comme je marchais derrière lui, il jouait les durs et continuait à avancer.

Maintenant, la forêt est clairsemée, les arbres sont plus courts, avec des formes contournées. On voit qu'ils souffrent pour pousser. Les plaques de roche nue sont de plus en plus vastes. Elles brûlent le dessous de nos pieds car si l'air est plutôt frais ici, le soleil est ardent. Niama a tiré de son ballot une espèce de chapeau en dentelle blanche, qu'elle devait mettre pour travailler dans la grande maison, et l'a posé sur sa tête. C'est un spectacle étrange que cette esclave couronnée d'une coiffe immaculée, qui trébuche dans ce paysage de pierre...

— Nous allons maintenant repartir vers le sud, décrète Cotte : il ne faut pas que nous montions trop au-dessus de la lisière de la forêt, nous serions trop visibles...

Une gorgée d'eau, une bouchée de manioc – nous le trouvons de plus en plus délicieux, ce manioc, à mesure qu'il se fait rare – et nous voilà repartis.

***

Nous ne nous arrêtons qu'à l'approche de la nuit. Sur notre droite, tout en bas, la côte ouest plonge doucement dans l'obscurité. Un gros soleil rouge se couche sur la mer, derrière les derniers nuages. Il ne pleut plus depuis longtemps. L'ébauche d'ouragan est bien oubliée, elle est aussi loin derrière nous que la cloche du camp et les ordres de Sansquartier. Nous sommes si haut, si épuisés aussi…

Laissant Niama se reposer sur une roche plate, nous fouillons un fond de ravine sèche, qui s'ouvre comme une blessure dans la montagne. Il y a quelques buissons dans cet abri naturel : ils doivent trouver là l'humidité qui manque ailleurs.

— Demain il faudra redescendre un peu, dit Cotte, sinon nous aurons soif…

Nous n'avons pour toute réserve qu'une calebasse, emportée par Cotte, mais qui s'est fendue dans la fuite. L'eau en sort goutte à goutte, malgré la ficelle dont nous l'avons entourée. Il pleuvait tant en bas que j'ai oublié tout ce qui concernait la boisson. Pour quelqu'un qui se croyait malin…

Par endroits, dans le fond de la faille, d'anciennes crues ont rongé la roche, créant des sortes d'abris. Nous en explorons un ou deux. Ils ne sont guère profonds et ne nous cacheront guère… En plus, leur fond est en pente. Comment pourrons-nous dormir là-dedans ?

— Petit bandit, viens voir ça !

Derrière un buisson, Cotte me montre un trou sombre.

— Une vraie grotte !

Nous entrons, prudemment. Le sol est couvert de sable, avec de petites pierres noires. Il y a juste la place pour s'allonger à trois…

Tandis que Cotte s'en va chercher Niama, je m'installe, je déroule mes deux sacs à café, qui nous servirônt de lit – sur ce point, tout de même, j'ai su être prévoyant ! – et je lisse le sable, du sable fin de rivière, dont la présence à cet endroit m'intrigue un peu. Ce faisant, je pousse de la main les petits cailloux noirs, qui crissent sous mes doigts. Perplexe, j'en ramasse un, je le frotte sur ma paume…

Ce ne sont pas des cailloux ! C'est du charbon de bois !

Je rumine un moment la signification de ma découverte, et quand Cotte arrive, suivi de sa Niama, je lui brandis un morceau de charbon sous le nez !

— Cotte ! On est chez eux !

***

La nuit est à la fois étrange et oppressante. D'abord, c'est la première fois que je dors dans le même endroit qu'une fille qui n'est pas ma sœur. Ensuite, les sacs humides dégagent sous nous une odeur de chien sale. Et puis mon estomac se révolte : nous avons beaucoup couru et peu mangé. Enfin et surtout, c'est la première fois que je dors libre…

Nous sommes éveillés bien avant le matin, et sortons avec une prudence infinie de notre abri. Mais il n'y a rien dehors, et on n'entend aucun chien. Se pourrait-il que nous les ayons vraiment égarés ?

– Ne rêve pas trop, petit frère, dit Cotte. Ils ont la dent dure. S'ils se sont contentés d'expédier le rat blanc avec un ou deux commandeurs et les roquets du domaine, nous avons une chance. Mais s'ils ont fait appel à des chasseurs professionnels…

Niama frissonne. Nous connaissons tous, dans les camps, les terribles chasseurs de marrons, ces écumeurs de montagne capables de rester deux, trois semaines dans le cœur de l'île sans redescendre, se nourrissant de viande sèche et de biscuit de mer, maigres à faire peur mais imbattables à la course, et qui savent faire feu, recharger leurs longs fusils et tirer encore, sans s'arrêter…

Personne au Domaine ne les a jamais vus mais on raconte qu'ils lancent de grandes expéditions contre les camps de marrons, et qu'ils en reviennent en traînant derrière eux de longues colonnes de captifs entravés. À leurs ceintures pendent de terribles trophées : les mains des Noirs qu'ils ont tués, parce qu'ils se défendaient ou ne se rendaient pas assez vite, ou par simple cruauté. Les juges font clouer ces mains sur un gros tamarinier, l'arbre des supplices, sur la place du marché : un exemple, disent-ils, de ce qui attend les esclaves fugitifs.

Pourvu que Grand Monsieur n'ait pas fait appel aux chasseurs…

Je n'ai pas dit à Cotte que j'avais mis le feu au parc à cochons : plus j'y pense, plus je me dis que ce crime a dû rendre les Blancs furieux. Si les chasseurs sont lancés sur nos traces, cela aura été ma faute.

— Allez, il faut repartir ! Niama, ça ira ?

Apparemment non, mais Niama semble s'être

fait une raison : ou bien elle souffre en courant avec nous dans la montagne, ou bien elle attend les chiens et ne souffrira plus jamais. Il n'y a pas de retour en arrière, pour aucun d'entre nous. Notre faute n'est pas de celles qui se pardonnent…

Nous reprenons notre chemin vers le sud, traversant parfois de grands bras de forêt, qui ont profité d'un fond humide. Cotte préfère ne pas trop redescendre vers la côte, bien que la soif commence à être cruelle : plus nous sommes bas, plus nous sommes près des Blancs. Et plus notre trace risque d'être visible, dans l'humus des sous-bois.

— Tout de même, me dit-il, ces marrons ont de l'audace ! Faire un feu dans ce fond de ravine, à une journée de marche des Blancs !

— Peut-être que les charbons datent de dix ans, ou de vingt. Peut-être que le feu a été allumé avant que les Blancs n'aient des chasseurs.

Mais je vois bien que je ne le convaincs pas. Il hoche la tête, grommelle des choses, sourit béatement à l'idée qu'il y a ici des Noirs qui n'ont pas peur des Blancs. Il y a des moments, vraiment, où je me sens plus adulte que lui…

***

En milieu de journée, comme le soleil nous grille le dos, Cotte décide de piquer vers la forêt, en longeant une ravine sèche.

— Plus bas, il devrait y avoir de l'eau.

Il a raison : en milieu d'après-midi, après une descente éprouvante, nous arrivons à un endroit où la ravine se casse. Tout en bas de la falaise, à vingt, peut-être trente hauteurs d'homme, il y a un petit bassin.

Entre lui et nous, un mur lisse de roche polie par les eaux, qui se prolonge de chaque côté, faisant du bassin une flaque toute noire entre trois énormes murailles.

— Personne ne nous trouvera là, dit Cotte. Allons-y !

Et pour être sûr de ne pas renoncer, il jette en bas tout ce qui ne peut pas casser, mes deux sacs, nos vêtements, qui tombent avec un bruit sourd sur les rochers, tout au fond. Je n'ose pas imaginer le bruit que feraient nos corps après une telle chute. Cotte est vraiment fou…

Cela fait, il reste longtemps à observer les murailles, s'allongeant au bord du trou, tellement penché en avant que Niama pousse des petits cris effrayés. Puis il se lève et dit :

— Par là !

***

Dix fois j'ai cru tomber…

Mais il était en dessous de moi, me disant où il fallait poser le pied, à quelle distance serait la prochaine roche un peu creuse où je pourrais agripper ma main. Il me rappelait aussi que j'étais le meilleur, au camp, pour grimper aux arbres, et que ce mur n'était qu'un arbre un peu plus grand que les autres. Et je me suis retrouvé au fond, dans l'ombre et la fraîcheur de la ravine, les jambes tellement tremblantes que je n'ai pas voulu m'asseoir, et que je l'ai regardé remonter vers Niama, qui l'attendait en se mordant les poings…

Je ne sais pas ce qu'il lui a dit mais je l'ai bientôt vue apparaître, sa robe nouée entre les cuisses, ceinturée par la corde que j'avais volée. Cette fois, Cotte était au-dessus, et l'autre bout de la corde était noué à sa taille.

C'était une bien maigre corde, mais Niama n'était pas lourde. Je dois dire qu'elle faisait aussi des efforts pour ne pas tomber. Elle devait se douter que, si la corde ne cassait pas sous son poids, le choc ferait tomber Cotte aussi. Alors, elle faisait attention, elle descendait doucement, elle s'accrochait comme un garçon.

Moi, d'en bas, je lui criais :

— La main qui fait le signe de croix : plus bas, encore un peu plus bas ! Le pied du même côté, cherche juste en dessous de toi !

Elle a fini par y arriver. Mais quand Cotte a sauté près d'elle, avec un grand sourire vantard, elle lui a crié sous le nez :

— Si jamais tu recommences ça, je te tue !

J'ai commencé à comprendre pourquoi il l'aimait : sous l'habit trop propre de la fille de maison, il y avait une vraie femme. Mais il est bien possible qu'il n'en ait pas été conscient, jusqu'à ce moment : il a eu l'air tellement surpris par la colère de Niama que je n'ai pas pu m'empêcher de rire. Elle s'est tournée vers moi et j'ai songé, ça y est, je vais y avoir droit moi aussi. Mais elle a éclaté de rire à son tour, et je me suis dit que ce n'était pas si mal d'être partis avec une fille…

***

Nous avons passé la nuit sous un ressaut de pierre, au pied de la falaise, à deux pas du bassin d'eau noire. De l'eau plus pure suintait de la muraille au-dessus de nous, et entretenait un rideau de fougères, qui nous cachait totalement ; si quelqu'un s'aventurait ici… Mais qui serait venu en un pareil endroit ? Qui aurait osé affronter la falaise ? On a tellement plus d'audace que le chasseur, quand on est le gibier : l'enjeu n'est pas le même.

Nous avons même pris le risque d'allumer un feu, minuscule, avec du bois sec charrié par le torrent. Comme les grands marrons…

Nous y avons fait cuire une de nos saucisses, qui a été vite engloutie avec les derniers morceaux de manioc. Ne nous restaient donc qu'une saucisse, un bout de boucané et le quignon de pain d'Hortense : l'eau n'était plus un problème, mais la nourriture en serait bientôt un.

— Je vais tailler une sagaie avec ton couteau, dit Cotte.

Pour tuer quoi ? Nous n'avions pas vu l'ombre d'un cochon ou d'un cabri sauvages, depuis que nous étions partis. Ils devaient être encore plus malins et discrets que nous : chassés par les marrons, que chassent les Blancs, ils avaient une double raison de courir vite !

Au petit matin, je me réveillai seul. Petite pointe d'angoisse, mais je me rassurai vite : Cotte et Niama dormaient à quelques pas, sur un banc de sable qui me sembla tout bouleversé. Ils avaient dû avoir un sommeil agité...

J'allai sans bruit jusqu'au bassin. Des formes translucides grouillaient dans l'eau noire. Des crevettes !

J'eus la tentation d'y plonger la main, puis je me ravisai. J'allai chercher dans mon ballot ma chemise la plus neuve, la plus sombre, je la laissai couler au fond de l'eau puis, quand les ombres passèrent par-dessus, je la relevai brusquement. Et à Niama et Cotte, que mon tapage avait réveillés en sursaut, je pus annoncer triomphalement :

— Des crevettes grillées, ça vous ira ?

***

Presque une semaine que nous errons dans la forêt et les ravines, sans avoir vu âme qui vive. Les chasseurs, c'est sûr, ont perdu notre trace : nous avons tourné et viré, nous sommes revenus sur nos pas et avons brouillé les pistes. Et il a plu, une pluie glacée qui a lavé nos odeurs mais a figé nos reins. Niama tousse la nuit. Elle s'affaiblit. Nous avons tous maigri, mais elle plus que Cotte et moi. Elle chancelle parfois, et Cotte doit lui tenir le bras. Elle n'était pas prête pour une telle vie. Mais l'étions-nous, Cotte et moi ?

Elle ne gémit plus comme aux premiers jours. Elle serre les mâchoires. Mais elle ne rit plus, quand nous nous installons pour le soir dans un creux de rocher ou sous un grand arbre. Son regard est vide. Je me demande si elle regrette.

Il y a belle lurette que saucisse et boucané ne sont plus qu'un souvenir. Et Cotte a beau brandir sa sagaie comme un guerrier d'Afrique, et fouiller les buissons sur notre passage, aucun cabri n'est venu récompenser ses efforts. Des cabris, il y en a, cependant : nous coupons parfois des sentes bien nettes, où des sabots fourchus ont marqué la boue, nous avons même découvert des crottins encore frais. Hélas, les cabris ont l'oreille et le nez plus fins que nous, ils fuient bien avant notre arrivée…

La pêche est bien maigre, elle aussi : que capturer avec une chemise ? Une poignée de crevettes ne nourrit pas, ni même deux. Et pour attraper des poissons, il faudrait construire des barrages, des nasses, toute une industrie qui laisse des traces. Et nous ne pouvons pas nous offrir le luxe de laisser des traces.

Aussi ne suis-je pas étonné quand Cotte me dit :

— Il nous faut du fil et des bouts de fer pour faire

des hameçons. Et de la corde fine et solide pour fabriquer des collets. Ou alors il faut voler à manger…

— Chez les Blancs ?

— Où ailleurs ? Nous n'avons pas vu de marrons, les marrons sont une légende ! Ou bien ils sont plus loin. Il n'y a que nous dans ces montagnes.

— On retourne vers le Domaine ?

— Non. Trop loin, trop dangereux aussi. Ils savent que les esclaves reviennent parfois vers les camps, pour voler des choses ou retrouver leurs familles. Ils doivent nous attendre… Tu as envie de revoir Sansquartier ?

Non, pas vraiment…

— On va chercher une ferme isolée. Une petite. Ce sera plus facile.

***

Nous la trouvons le surlendemain. Sa fumée l'a depuis longtemps signalée à nos narines. Une lourde fumée de bois pas assez sec, qui fait instantanément gargouiller nos entrailles : elle sent le boucané…

Niama reste en arrière, et nous approchons, Cotte et moi, jusqu'au bord de la clairière. La maison est petite, en planches. La façade ne possède qu'une porte et deux fenêtres symétriques. Il ne doit y avoir qu'une pièce à l'intérieur.

Le propriétaire n'a défriché qu'un tout petit bout de forêt. Dans son champ poussent quelques légumes mal entretenus, un peu de manioc. Je reconnais aussi des feuilles de patate douce et de pomme de terre*. À un piquet bêle un cabri, et des cochons se promènent en liberté derrière la maison. Un chien jaune tourne ici et là, met son nez dans des trous, qu'il fouille furieusement avec ses pattes avant. Il faudra y faire attention…

Nous attendons longtemps avant de voir l'homme, qui sort de sa cabane, le chien jaune sur les talons, pour aller uriner, longuement, contre un arbre à l'arrière. C'est un Blanc trapu, aux cheveux et à la barbe argentés. Il a le teint cuit par le soleil, il est vêtu d'une chemise ouverte et d'une espèce de pantalon court, déchiré sur ses mollets puissants. Il marche pieds nus, comme un esclave.

Soudain, une Noire apparaît. Une Africaine, comme Niama, mais plus âgée. Elle est aussi mal vêtue que son maître. Elle porte une bassine de linge sur la tête, qu'elle étale sur l'herbe. Tandis qu'elle est ainsi penchée, le Blanc approche d'un pas rapide et, d'un geste familier, il tâte le derrière de l'esclave. Elle ne réagit pas comme les Noires de notre camp, avec ce mélange de honte et de soumission : elle tape sur la main indiscrète et se met à rire, d'un grand rire éraillé et canaille. Il rit aussi

* Le manioc et la patate douce sont des racines qui se consomment bouillies, et donnent une pâte farineuse, un peu semblable à la pomme de terre. La patate douce est légèrement sucrée.

et lui dit quelque chose, que nous n'entendons pas. Puis il s'accroupit près d'elle, et l'aide à disposer le linge blanc sur l'herbe verte...

— C'est sa femelle ! gronde Cotte.

Et je sens qu'il est furieux de voir une Noire se rouler si docilement sous son maître.

— Ce soir, tu lui voleras tout ce que tu peux ! Le maximum !

Nous nous sommes mis d'accord : c'est moi qui irai. Si je suis pris, le Blanc sera moins sévère avec moi. Je suis jeune et je sais très bien pleurer à chaudes larmes, quand c'est nécessaire.

Et que ferait Niama sans son Cotte ?

***

La nuit.

J'ai laissé Cotte et Niama bien en amont, dans la ravine. Ils ne dormiront pas, c'est sûr...

La clairière est obscure et silencieuse. La lune n'est pas encore levée, et les nuages de l'après-midi sont restés accrochés aux pentes, entretenant une obscurité de four. J'aurais préféré un peu de pluie, mais je ne commande pas au ciel.

J'approche à pas prudents. Rien ne bouge dans la maison. Pas de chien jaune en vue. Je le crains un peu, mais pas trop : cette espèce a tendance à aboyer, plutôt qu'attaquer en traître dans le noir. S'il aboie, j'aurai le temps de fuir.

Dans le champ, je déterre plusieurs poignées de

pommes de terre, et une grosse racine de manioc, que je laisse dans mon sac à la lisière du bois. Puis j'approche de la maison : voler des légumes ne nous aidera que pour quelques jours, avoir les moyens de chasser et pêcher nous aidera pour des mois.

Tandis que nous espionnions la maison, dans la journée, j'ai vu, accrochée à un clou, une belle corde presque neuve. En tirant ses fils, nous aurons de quoi fabriquer nos lignes et nos collets ! Il y a aussi, planté dans un arbre, un grand sabre d'abattis. Je vais voler l'une et l'autre. J'en suis capable. J'ai fait pire au Domaine…

J'avance, courbé en deux. La maison n'est plus qu'à dix pas, puis cinq, puis deux. Je pose la main sur la corde, je la décroche doucement de son clou.

Et comme je me retourne, je sens quelque chose de froid s'appuyer sur mon ventre.

C'est le canon tout rouillé d'une pétoire plus grande que moi. Au bout de la pétoire, il y a le vieux Blanc, qui me regarde avec un sourire large comme une tranche de papaye*.

* La papaye est un fruit qui ressemble à un melon allongé, et a un goût qui s'en approche, mais qui pousse en haut d'un arbuste (en réalité, une herbe géante) qui peut atteindre 4 mètres.

4. Les autres Blancs

Il me pousse doucement du canon de son arme vers la maison. La porte s'ouvre, une lampe à huile diffuse sa lueur jaunâtre, où s'inscrit la silhouette de la femme.

— Tu l'as attrapé ? demande-t-elle.

Elle n'a vraiment pas la voix de quelqu'un qui s'est fait du souci.

Le vieux Blanc s'esclaffe.

— Et comment j'aurais fait pour ne pas l'attraper ? Il faisait plus de bruit qu'un troupeau de cochons sauvages ! Et même pas assez méfiant pour se retourner de temps en temps. J'ai tranquillement fait le tour de la maison, et voilà… Ah, va au bout du champ : ce jeune homme a eu la gentillesse de cueillir un sac de patates pour nous.

Elle glousse et sort. Suit un long moment de silence pendant lequel le Blanc me dévisage de derrière son fusil. Le chien jaune me renifle les mollets, sans même se donner la peine de grogner. Je jurerais qu'il rit, lui aussi, de son rire muet d'animal... Je ne me sens pas d'humeur à jouer la comédie des larmes : inutile d'ajouter à mon ridicule !

La femme revient, pose avec un soupir le sac de pommes de terre et m'examine à son tour.

— Mais il est tout jeune !

Je suis tellement tassé par la honte, c'est vrai, que je dois faire plus petit que mon âge.

— Alors, tu n'as rien à dire ? aboie soudain le vieux.

Non. Tout est fini, de toute façon. Je sais ce qui attend les marrons, et qui plus est les incendiaires...

— Tu es seul ? demande la femme.

Je la trouve bien curieuse, pour une esclave. Tout de même, il devrait y avoir une certaine fraternité entre nous : nous subissons le même joug, non ?

Elle insiste :

— Un gars de ton âge, ça ne court pas tout seul dans les montagnes...

Je reste bouche close. Qu'est-ce que tu crois, traîtresse ? Que je vais te livrer Cotte et Niama ?

Le vieux relève le canon de son fusil.

— Hé, toi ! Tu vas être poli avec ma femme, ou je me fâche !

Voyant mon air effaré, il grommelle :

— Eh oui, ma femme ! C'est pas une femme ?

Je suis bien obligé de hocher la tête. Pour une

femme, c'en est une, même que sa robe n'est pas trop épaisse et qu'elle a l'air bien faite...

— Et elle est pas à moi ?

Si, sans doute, puisqu'elle est son esclave...

Soudain, il pose son fusil sur la table, et attire la femme contre lui. Il l'embrasse, comme un mari ferait avec son épouse, puis se tourne vers moi, souriant.

— Tu n'as pas compris, petit. Aucun de ceux qui sont en bas ne comprend. Vous venez d'un autre monde, où ces choses ne se font pas... Anna est ma vraie femme, ma femme de cœur. Elle est toujours mon esclave, aussi, mais les papiers de son affranchissement sont prêts depuis longtemps dans cette boîte en fer, là-haut sur la poutre. Au cas où je ficherais le camp avant elle... Elle veut pas que je l'affranchisse avant. Elle dit qu'elle aurait honte. Tu es une grande sotte, Anna !

La dénommée Anna émet un rire doux, comblé, et embrasse la joue de son homme. Ma tête tourne : je suis pris, mais par un Blanc fou, qui me raconte sa vie au lieu de me ligoter. La porte est grande ouverte derrière moi, le fusil est couché sur la table...

— Ne pense même pas à t'enfuir ! crie le vieux. Le chien ne te laisserait pas faire un seul pas !

Je l'avais oublié, celui-là. Il a cessé de me renifler les chevilles et le caleçon et s'est allongé devant moi. Il me rend mon regard. Je suis sûr qu'il se moque.

Je baisse la tête, un gros soupir sort de moi sans que je l'aie voulu. Je sens venir le moment où je vais pleurer. Quel imbécile ! Je me raidis : pas de larmes, pas d'aveu, pas un mot ! J'ai pris un risque d'homme, je finirai en homme !

Et pourtant, je sens que mes yeux deviennent humides, que ma poitrine se gonfle…

Une main fraîche se pose sur mon bras.

— Tu dois avoir faim !

Comme je ne bouge pas, la femme toise le vieux Blanc.

— Regarde ! Tu lui as fait peur, avec ton fusil et tes manières de brute ! Encore heureux que tu ne l'aies pas chargé !

— Hé, réplique l'homme, il faut être prudent ! J'ai déjà vu des petits calibres comme celui-là qui avaient des réactions violentes… Le fusil, c'était juste pour mettre un peu de distance entre lui et moi, des fois qu'il aurait voulu se servir de son couteau. Tu veux me conserver bien portant quelques années de plus, ou tu veux être veuve et affranchie tout de suite ?

Elle hausse les épaules.

— Ce n'est pas une raison pour terroriser ce pauvre enfant avec tes questions ! Il parlera s'il veut, c'est tout. En attendant, mange, petit : c'est encore chaud.

Elle puise des choses dans deux grosses gamelles en fonte, qui sont au coin de la table, et emplit une écuelle. Et les larmes me viennent pour de bon, quand l'odeur délicieuse, enivrante, torturante de la bonne viande effleure mes narines, mêlée à celle des haricots et des pommes de terre.

***

Ils me laissent manger sans rien dire. Ils se sont assis sur un bat-flanc et causent de moi, comme si je n'étais pas là.

— Il vient de la côte. Parti depuis pas longtemps : n'a guère l'habitude de se cacher et de vivre en forêt... Tu as vu comme il est maigre ? Oui : n'a pas dû apprendre à pêcher et à chasser. Ces Noirs de grands domaines, ça ne sait rien faire... Et ta négresse, elle sait faire suffisamment de choses ? Oui, ça va, ma négresse, je la garde : elle vaut dix femmes blanches...

Comme ma cuillère racle le fond de ma gamelle, le vieux retient la femme qui allait se lever :

— Ne le ressers pas. Il a déjà mangé comme quatre et il sera malade s'il entonne plus... Alors, petit, elle prépare bien le manger, ma femme noire ?

Je hoche une tête enthousiaste : jamais, de ma vie, je n'ai rien goûté d'aussi bon ! Mais je me reprends aussitôt : s'ils espèrent me faire parler par la gentillesse, ils me croient bien naïf !

Le vieux me regarde un bon moment. Le silence est doux dans cette maison au milieu des bois, à la lueur rousse de la lampe à huile. Dire qu'à deux pas de là, Cotte et Niama sont allongés sur des cailloux, mal protégés par les sacs à café !

La femme me regarde aussi, confortablement installée sur le bat-flanc, les genoux entre les bras. Je finis par lui sourire et je dis :

— Merci... madame.

Le « madame » a eu du mal à sortir. On ne dit jamais « madame » à une Noire. Mais puisqu'elle est la femme du Blanc...

L'homme glousse. J'en ai assez qu'on glousse à mon sujet. Je me sens déjà suffisamment stupide sans qu'on ait besoin d'en rajouter dans la dérision !

— Tu vois, dit-il à sa femme : il a une langue. Et comment s'appelle notre invité surprise ?

Dire son nom, ça n'engage à rien, et ça engage à tout en même temps. J'hésite, puis je lâche :

— Maavel.

Le Blanc sourit.

— Maavel ? Un nom de marron, ça... Je suis sûr qu'on t'appelait autrement, sur la propriété... Qu'est-ce que je vais faire de toi, jeune Maavel ?

Je ne sais pas. M'attacher, me livrer, après m'avoir rempli le ventre ? On donne de grasses récompenses à ceux qui capturent des marrons. Ce Blanc-là gagnera autant qu'un chasseur professionnel, sans avoir eu à bouger de chez lui.

Il regarde sa femme d'un air malicieux.

— Tu penses comme moi ?

Elle rit.

— Oui. De toute façon, il est trop maigre pour qu'on puisse le manger !

Et d'éclater de ce grand rire canaille que nous avions entendu dans l'après-midi, Cotte et moi.

Cotte… Il doit être fou d'inquiétude, à l'heure qu'il est.

La femme se lève, ouvre un coffre à linge, en sort un sac en vacoa tressé, avec des bretelles.

— Celui-là ?

— Non. Le grand… Mets une vieille couverture au fond. Qu'est-ce qu'on a comme pain ?

— Deux ou trois, pas plus. Je n'avais pas prévu. Je pensais préparer une fournée après-demain.

— Bon, mets les pains. Et toutes les pommes de terre que ce jeune homme a cueillies. Ça cuit très bien dans la cendre, les pommes de terre. Le briquet avec les pierres, pour allumer le feu… la petite marmite, là-bas…

— La marmite ?

— Mais oui ! Dans quoi est-ce qu'on cuit le manioc, sinon ? Ah, emballe dans un tissu deux lignes de pêche, c'est bien utile aussi…

Des lignes de pêche ? Ils ont l'intention de s'arrêter pour pêcher en route, en m'emmenant vers la prison ? Décidément, ils sont fous à lier.

L'homme continue à donner tranquillement ses ordres, que la femme exécute avec bonne humeur. Drôle de couple. Le Blanc, parfois, parle en maître, mais la Noire n'est ni servile ni humiliée. Si je ne savais pas, après toutes mes années au Domaine, que c'est chose impossible, je dirais que ces deux-là se sentent égaux. Quelle étrange aventure ! Même le chien a la tête à l'envers : il se contente de me regarder tranquillement, alors que je sais bien ce que m'auraient fait les chiens des chasseurs...

— Un sabre ? demande la femme.

— Non, ce serait imprudent... Un couteau. Et le bout de bonne corde que notre maladroit visiteur voulait voler. Comme cela, il se souviendra de ce que peut coûter l'imprudence.

Il fait ajouter encore plusieurs bandes de bœuf séché, du genre qu'emportent les chasseurs : très léger mais très nourrissant. Cela se mâche longuement, et ça libère son jus tout doucement dans la bouche. Comme ça, on peut se nourrir sans cesser de marcher. Je n'en ai jamais goûté, cela va sans dire : donner du bœuf séché à un esclave, ce serait comme des saucisses à un cochon. Le bœuf séché, c'est très précisément destiné à ceux qui courent derrière les esclaves !

Deux ou trois bricoles – de la ficelle, la grosse racine de manioc que j'avais déterrée, et même un beau pavé de porc, qui me met l'eau à la bouche – finissent de remplir le sac, que soupèse la femme.

— Ce n'est pas trop lourd ? s'enquiert le Blanc.

La femme grimace.

— Ça devrait aller... Quand on veut vraiment porter quelque chose, on le porte !

Je ne comprends pas trop. Je comprends encore moins quand l'homme se tourne vers moi et dit :

— Mets ça sur ton dos.

Il doit insister pour que les mots pénètrent mon cerveau. Ah, il veut que je sois son mulet ! C'est bien d'un Blanc, ça : me faire plier sous le poids de sa mangeaille, tandis qu'il gambadera derrière, avec son chien et cette traîtresse qui se croit sa femme... En plus, avec cette charge, pas de risque que je fuie. C'est une nouvelle version de l'entrave, une version gourmande et paresseuse.

Le sac est plein jusqu'à la gueule, gonflé comme une bête morte. Les courroies trop étroites me scient les épaules.

— Glisse-lui un tissu sur le dos, dit l'homme. Il aura moins mal. Tiens, mets-lui ma vieille veste.

Me voici déguisé, sous une redingote en ruine qui sent la sueur et la crasse. Quelle allure je dois avoir, avec mes jambes maigres qui dépassent seules au bas de cet habit, et sur le dos ce sac aussi lourd que moi !

L'homme s'arrache du bat-flanc avec un soupir, s'approche lentement de moi. Comme je baisse la tête, il me prend le menton d'une main ferme, et m'oblige à le regarder en face. Ses yeux bleus, d'un bleu très pâle de ciel à midi, me fixent gravement.

— Mon petit Maavel, me dit-il, je me fous et contrefous des affaires de Blancs. Si j'habite ici, et avec celle-là, c'est parce que je ne goûte guère les manières et les idées de mes... frères de race. Ils me méprisent, c'est sûr, et ils ont toutes les bonnes raisons pour cela : je marche pieds nus, je n'ai pas une piastre vaillante, je copule avec une négresse, j'espère même avoir des enfants d'elle, s'il me reste assez de sève, pour avoir le plaisir de caresser une tête innocente avant d'être trop vieux, je ne produis rien, je suis un inutile et un mauvais exemple, par-dessus le marché. Mais, tu vois, j'ai l'orgueil de penser que je ne suis pas plus bas qu'eux...

Il me dévisage encore un moment. Je m'efforce de ne pas trop comprendre, de ne pas rêver. Un Blanc qui parle comme ça à un Noir, ça n'existe pas, ça n'a jamais existé.

— Je m'appelle Augustave, poursuit-il. Les chasseurs qui passent par ici de temps en temps crient « Pa' Tave ! » et se moquent de moi. Je suis un «petit Blanc», comme ils disent, je suis un rien du tout. Eux, ce sont de grands fauves, le monde tremble à leur passage. Ils ont les mains tachées de sang, et les autres mains, celles des gens qu'ils ont tués, pendent à leurs ceintures. Ils sont riches, aussi : avec les piastres gagnées, ils vont s'acheter de beaux domaines. Leurs enfants seront propriétaires, on les saluera chapeau bas, ils siégeront au Conseil et un jour, les enfants de leurs enfants seront les aristocrates de cette colonie. Les miens, personne ne les saluera jamais. Mais moi, je n'ai jamais tué qui que ce soit, et j'en suis plutôt fier... Voilà ce que je voulais te dire, petit Maavel. File avec ce sac ! Je ne t'ai jamais vu, et Anna non plus, cela va sans dire. Même si les chasseurs passaient demain, je ne leur dirais rien : je préfère ne jamais posséder une piastre plutôt que les gagner comme ça. D'ailleurs, que ferais-je de piastres, ici ? Rien ne me manque… Allez, va-t'en ! Je suis trop bavard et je te retarde. Je ne te demande pas si tu es seul : je ne veux même pas savoir cela. Si tu es seul, eh bien tu auras de quoi bien te remplir le ventre. On a toujours faim, à ton âge… Et si vous êtes plusieurs, comme je le suppose, vous partagerez, et vous apprendrez à pêcher et à tendre des collets. Un dernier conseil : sois beaucoup plus prudent. Il faut être parfaitement silencieux et invisible, sinon tu seras pris. Ce serait dommage, avoue ! Fais surtout attention quand tu viens relever tes lignes et tes pièges : les chasseurs ne sont pas idiots, ils savent eux aussi où passe le gibier et dans quels bassins il y a du poisson. Voilà… J'ai parlé plus qu'en un mois, Anna va croire que je suis fou ! Hein, je suis fou, Anna ?

Anna ne répond pas, mais elle a les yeux qui brillent.

Moi, je ne sais que dire. Alors, je balbutie, comme si je prenais congé de M'ame Hortense, ou d'un voisin quelconque :

— Au revoir, et bonne nuit…

Ils sourient tous deux, hilares. J'ai encore été ridicule.

Je sors. Le chien vient sur mes talons, me renifle les mollets. Il bat joyeusement de la queue. Dehors est le trou noir, inquiétant, de la nuit. Je m'éloigne de deux pas. Le sabre est toujours planté dans le vieil arbre, à portée de ma main. Je l'effleure, je baisse ma main, je me retourne et je reviens vers l'homme et la femme, qui sont restés à la même place, dans la petite lueur chaude de la maison de planches.

— Merci, monsieur Augustave. Merci, madame Anna.

— Je te fous deux claques si tu m'appelles encore monsieur Augustave ! rugit le vieil homme. Je ne suis pas un Blanc qu'on appelle monsieur !

— Oh si, monsieur Augustave. Et à vous, je ne le dis pas parce que j'y suis obligé mais parce que j'en ai envie. Claquez-moi si cela vous chante, mais vous serez toujours pour moi madame Anna et monsieur Augustave, la femme et l'homme qui ont tenu ma vie...

— Tu vois ? grogne le Blanc. Une vraie graine de bandit ! Ça répond, ça fait des discours... Allez, file, avant que je me fâche !

Il fait mine de se lever. Je galope dehors mais, avant de disparaître du cercle de lumière, je me retourne et je m'incline vers eux. Bien bas. Comme les Blancs font quand passe le gouverneur.

5. Marrons !

Cotte et Niama auraient bien voulu aller remercier notre bienfaiteur, mais je les en ai dissuadés : cela aurait été le mettre inutilement en danger. Car si les Blancs d'en bas apprennent qu'il a aidé des marrons, j'imagine qu'ils ne le laisseront pas en paix dans sa cabane, avec son Anna…

— Il est comme ça parce qu'il est pauvre, dit Niama.

Je ne sais pas. Les chasseurs aussi sont pauvres, au début, et je ne pense pas que cela les rende plus doux. Au contraire ! Sansquartier aussi est pauvre. Il n'a même pas une cabane à lui, ni de femme, ni de chien. Il ne se possède même pas lui-même. Et pourtant…

Non, je ne sais pas pourquoi il est ainsi, monsieur Augustave. Je me dis simplement que le monde serait plus beau s'ils étaient plus nombreux dans son genre. Son Anna a bien de la chance. Il a bien dû avoir quelques piastres pour l'acheter, tout de même.

— Peut-être qu'il a mis tout son avoir, toute une vie d'économies pour acquérir cette femme, rêve Niama. Ou peut-être qu'il l'a jouée aux dés, qu'il s'est battu en duel contre un ancien propriétaire…

C'est fou ce que les filles peuvent aller imaginer, dès qu'il s'agit d'affaires de cœur. Ah, cette machine à rêves ! En revanche, elle n'est bonne à rien pour la pêche, la chasse ou la ruse. Mais je ne peux pas trop me plaindre d'elle : elle s'est endurcie depuis que nous sommes dans les montagnes, elle est désormais capable de marcher une journée entière sans rechigner, de dormir sur de la roche dure, dans la boue et même, comme nous l'avons fait plusieurs fois, sur les grosses branches d'un arbre.

Car nous suivons scrupuleusement les conseils du vieil Augustave, nous sommes devenus infiniment prudents, comme si chaque ressaut de terrain pouvait cacher un ennemi. Nous posons nos lignes dans les bassins d'eau calme, à la nuit, et les relevons avant le jour, parfois alourdies d'un poisson, ou d'une anguille. Même chose pour les collets, qui ne nous ont apporté pour l'heure qu'un petit cabri.

Les nuits où nous ne chassons pas, nous bougeons. Nous ne restons jamais plus de deux jours au même endroit. Nous avons complètement inversé notre mode de vie : la journée, nous restons camouflés dans un trou quelconque, ou bien dans les racines d'un arbre, sans bouger, sans un mot. Le soir, nous allumons un petit feu, où nous cuisons notre pitance – nous sommes devenus très habiles à faire du feu sans fumée et presque sans odeur – puis, tout de suite, nous enterrons les braises et nous partons.

Nous mangeons en route, sans rien dire. D'ailleurs nous ne parlons presque plus, sauf quand nous nous savons très loin de toute oreille indiscrète, comme dans les terres désolées de la haute montagne, où il n'y a ni arbres, ni vallée pour nous cacher l'approche de l'ennemi. Quand nous sommes là, allongés sur le dos derrière des rochers, nous pouvons enfin bavarder, Cotte et Niama peuvent se murmurer des mots doux, nous pouvons oublier un moment que nous sommes un gibier. Hélas, nous ne pouvons pas rester longtemps dans ces régions nues : on n'y trouve nul animal, hormis des oiseaux assez farouches, et il n'y a pas d'eau. Il faut donc redescendre dans les bois, et reprendre notre errance d'ombres.

Notre silence a au moins un effet positif : les animaux ne nous entendent plus approcher, et nous sentent moins, maintenant que nos habits et nos cheveux sont imprégnés de terre et de mousse. Hier, Cotte a surpris un cochon marron. Comme il a été aussi étonné que la bête, il l'a ratée, mais il se promet de mieux lancer son épieu, la prochaine fois. Il nous en a taillé chacun un, avec le couteau du vieux Blanc, dans du bois bien droit, dont nous avons fait durcir les pointes au feu. Pour l'instant, ils nous servent plus de bâtons de marche que d'armes de guerre. Heureusement : je ne sais pas ce que nous vaudrions, avec nos trois bâtons aiguisés, contre des fusils…

***

Une lune que nous sommes partis, peut-être plus.

Même notre mère aurait du mal à nous reconnaître. Nos cheveux, qui étaient toujours tondus ras, au camp, pour éviter la vermine, ont poussé et forment sur nos têtes une tignasse emmêlée d'herbes et de feuilles, qui ressemble à une motte de terre. Au bivouac, parfois, Niama joue à enlever un peu de cette végétation qui nous sert de chapeau, mais il en revient tout le temps.

Elle peut se moquer, elle n'a pas plus belle allure : sa chevelure, qui n'est plus ni brossée ni peignée, ni protégée par un fichu depuis que nous sommes en fuite, s'est elle aussi muée en un buisson touffu, roussi par le soleil.

Nos peaux, qui ne connaissent pas assez souvent l'eau – nous nous méfions des grands bassins, qui sont autant de pièges – sont devenues grises. Quant à nos vêtements ordinaires, ils se sont tellement déchirés aux épines que nous finirons bientôt nus, si nous ne trouvons pas une solution. Nous conservons précieusement nos habits de rechange et la vieille veste de monsieur Augustave, pour les jours froids.

Pourtant, malgré le délabrement général qui nous affecte, je ne nous trouve pas si mal. Je me sens plus fort que jamais, Cotte s'est aminci des hanches et élargi des épaules, et Niama a perdu ces rondeurs du Domaine, qui donnaient cette si fâcheuse impression de langueur, pour, en quelque sorte, se réduire à l'essentiel : une femme endurante et solide, une vraie marronne. Pour résumer, je pourrais dire que l'air vif de la montagne et notre fuite incessante ont fait de nous une sorte de bœuf séché : beaucoup d'énergie dans un petit volume.

Le bœuf séché, puisqu'on en parle, est tout ce qui nous reste comme vivres de la visite chez Augustave et Anna. Nous l'avons précieusement emballé dans des linges secs, au milieu du sac en vacoa tressé, et le gardons pour un cas d'urgence.

Il y a bien longtemps que nous ne pensons plus aux gens du Domaine : s'ils ont envoyé une escouade sur nos traces, il y a bien des jours qu'ils ont dû renoncer. En revanche, il faut toujours se méfier des autres chasseurs, de ceux qui écument la montagne à la recherche de n'importe quel Noir marron : si ceux-là nous tombaient dessus…

Ce soir, nous descendons très bas dans la forêt, pour voir si nous ne pourrions pas voler quelque chose dans une autre ferme isolée. Un sabre nous serait vraiment utile, et d'autres pommes de terre, ou des racines de cambarre, de manioc ou de patate douce : quelque chose qui tienne au ventre. Nous voulions laisser Niama derrière nous, dans un abri tranquille, mais elle a tenu à nous suivre. Finalement, c'est une fille bien courageuse.

Nous ne trouvons rien, hormis une clairière abandonnée, près de laquelle nous restons longtemps en faction, avant de nous y risquer. La lune y révèle quelques plants de manioc, qui n'ont pas dû être entretenus depuis des années car leurs racines sont bien chétives, mais c'est mieux que rien. Cotte a l'idée de nous en faire casser une, dont nous enfouissons les morceaux : on ne sait jamais, si ça pousse, cela pourra nous servir un jour, ou servir à d'autres.

Nous nous hâtons de remonter vers notre forêt, car le jour se lève. Comme nous quittons la clairière, j'entends un son depuis longtemps oublié : le tintement lointain d'une cloche qui, tout en bas, appelle les esclaves au travail.

Je ne sais pas si cette cloche a réveillé mes souvenirs mais, quand nous avons rejoint notre refuge – le creux d'un bosquet protégé d'épines, que nous avions repéré en descendant –, je raconte à Cotte et Niama ce qui me pesait sur le cœur depuis notre fuite : l'incendie du parc à cochons.

Au lieu de se fâcher comme je le craignais, Cotte rit silencieusement.

— Mon petit bandit ! Mais tu es une vraie terreur ! Maavel l'invincible ! Un jour, petit frère, on se souviendra de Maavel !

— Et de Cotte !

— Je n'en suis pas sûr. Moi, je suis un fugitif, un marron comme les autres. Toi, parfois, tu as quelque chose de plus, qui me fait un peu peur…

Lui, mon grand frère si fort, aurait peur de moi ? C'est vraiment trop comique ! Je m'endors, en rêvant que des muscles me poussent…

Et au petit matin, nous entendons les chiens.

***

Ils ont dû sentir notre trace dans la clairière. Ou alors ils chassent d'autres marrons. Nous ne sommes pas seuls dans la forêt. Il nous est déjà arrivé de découvrir des feux encore tièdes, mais jamais ceux qui les avaient allumés. Peut-être les chiens courent-ils derrière un de ces errants invisibles ?

Cette pensée ne nous rassure que quelques secondes : impossible d'attendre sans bouger, même si nous sommes au milieu d'un buisson épais.

Cotte sort le premier, sans sac, poussant juste son épieu devant lui en se glissant, lentement, prudemment, vers l'extérieur de notre refuge. Au bout d'un long, très long moment, je l'entends siffler doucement. Nous avons appris à imiter les oiseaux et nous sommes mis d'accord sur un langage simple : certains cris sont une alerte, d'autres un appel, d'autres une incitation à la prudence… Le doux sifflement de l'oiseau gris signifie quelque chose qui ressemble à ce paisible animal, que nous ne tuerions pour rien au monde : progresser sans peur mais discrètement.

Je sors en rampant et en traînant mon sac, puis j'aide Niama à me rejoindre. Sa main tremble un peu dans la mienne. Ou bien est-ce moi qui tremble ?

Nous savons ce qu'il y a en amont : une vallée qui se resserre peu à peu et devient un piège de roche aux multiples cachettes, mais doté d'une seule issue, et à droite et à gauche de cette vallée, des étendues accidentées, de moins en moins boisées.

Les chiens sont encore loin, et ils ne pourront pas courir longtemps dans ce terrain. Nous avons, peut-être, une heure d'avance sur eux. Cela sera-t-il suffisant ?

— Chacun de son côté ! dit Cotte. On se retrouve au Rocher Rouge !

Ce rocher est à une petite distance d'une grotte bien cachée, au milieu de ces pentes de pierre nue où nous aimons parfois nous réfugier. Nous avons repéré comme cela quelques endroits qui nous ont semblé sûrs, et leur avons donné des noms. Il y a le Rocher Rouge, l'Arbre Sec, les Deux-Bras, la Ravine Sèche, et aussi le trou de Cotte, la caverne de Niama et le piton de Maavel… En cas d'alerte, il suffit de se donner rendez-vous à l'un ou l'autre de ces points remarquables, que chacun rejoindra par sa propre voie : ainsi les chiens seront-ils déroutés par plusieurs pistes.

— Tu montes à droite, petit bandit, moi je passe par la ravine : je sais par où je pourrai en sortir… et sans tomber, rassure-toi, Niama ! Toi, ma jolie, tu cours au plus direct, par la gauche. Laisse-moi ton sac, je le porterai…

Elle le toise et dit :

— J'ai toujours porté ma part !

Pourtant, sa figure est grise et ses jambes tremblent. Mais elle tient tête. Cotte sourit, et lui donne une petite tape sur la hanche :

— Cours, petite gazelle d'Afrique ! Montre que tu peux faire aussi bien qu'un Malgache… et mieux qu'un Blanc !

Elle part au petit trot. Nous savons, Cotte et moi, qu'elle est capable de courir comme ça pendant des heures. Dire qu'au Domaine, elle ne faisait pas dix pas sans gémir !

Cotte m'observe, interrogateur :

— Alors ?

— Si c'est à propos de ta femme que tu me demandes mon avis, je te dirai : bon choix, à la réflexion… Je trouve même, pour un gars pas beau comme toi, que tu es plutôt bien tombé.

Il me donne une bourrade et murmure :

— Le dernier arrivé au Rocher Rouge fera la cuisine ! La prochaine fois qu'on pourra faire de la cuisine, bien sûr !

Et il démarre à toute vitesse, sans se retourner.

Moi, je reste un instant de plus, le temps de confectionner une boulette avec un peu de manioc cuit, un reste de poisson – les chiens aiment-ils le poisson ? – et ma dernière pincée de piments. En répétant cette ruse, je signe ma trace, mais puisque Cotte a dit que le nom de Maavel devait devenir célèbre…

***

Dois-je dire que je ressens de la joie à fuir devant les chasseurs ? Mon corps ne crie plus grâce, comme le jour de notre fuite. Il est nerveux et solide, dur à la souffrance.

Mes yeux repèrent à l'avance les rochers plats sur lesquels mes pieds ne se blesseront pas, et ne laisseront pas de trace. J'ose parfois de grands sauts, d'une pierre à l'autre : les chiens y perdront leur flair.

Je sors bientôt du couvert : il faut ralentir. Je m'arrête dans un coin d'ombre, scrute rapidement les environs, fonce jusqu'à l'arbre ou au gros rocher suivant, et ainsi de suite.

Quand j'arrive au terrain nu, il faut être encore plus prudent : les Blancs ont des longues-vues, avec lesquelles ils peuvent repérer de loin un mouvement dans le paysage. Mais nous sommes couleur de paysage, et nous avons appris à nous déplacer comme les lézards, quand ils croient ne pas avoir été vus : une patte après l'autre, imperceptiblement…

Je glisse, je me coule dans les creux. C'est assez simple, finalement : si je ne vois pas le lointain, le lointain ne peut pas me voir. Mais en progressant ainsi, courbé, parfois à quatre pattes, je laisse une trace d'odeur que les chiens liront, c'est sûr.

Le soleil est déjà haut quand j'aperçois le Rocher Rouge. Je lève lentement la tête, observe longuement dans toutes les directions : rien ne bouge, ni à ma hauteur où devraient être Niama et Cotte, ni en bas, d'où peuvent débouler les chasseurs.

J'essaie d'oublier ce qui me noue les entrailles, et je repars. Comme j'ai l'impression d'être en avance, je fais un long détour par le haut, passant et repassant sur mes traces, en boucle : être plus malin qu'eux, tout le temps, leur donner l'illusion que je suis parti de ce côté alors que je suis parti par là, leur donner de la peine, de la fatigue, tout inventer pour les décourager… Je n'aurais jamais imaginé qu'il soit aussi difficile d'être un fugitif.

Puis, après avoir encore pris le temps de regarder longtemps le paysage vide et écrasé de soleil, je descends lentement, prudemment vers la grotte, en bas du Rocher Rouge.

Rien ne bouge quand j'approche, et j'ai même du mal à retrouver le trou, bien camouflé par des broussailles. Au moment d'y entrer, je me souviens, et émets le doux cri de l'oiseau gris : inutile de prendre un coup d'épieu en pleine figure.

Un pépiement joyeux me répond. Mon cœur bat

à grands coups. J'entre et sens simultanément le poing de Cotte qui me cogne affectueusement l'épaule et la main de Niama sur mon avant-bras.

— Petit imbécile, me dit Cotte. Tu nous as fait peur…

***

Nous avons pensé la même chose tous les deux : Cotte aussi a fait des tours et contours pour tromper les chiens. Même Niama a osé décrire quelques lacets, malgré les ordres stricts de mon frère. Nous faisons un beau trio !

Cotte sort, son épieu à la main. Il va monter la garde au bord de la ravine, la tête dépassant juste de la surface. Nous restons dans l'obscurité, Niama et moi. De temps en temps, l'un de nous siffle son petit cri d'oiseau, et Cotte répond. Tout va bien. À la nuit tombante, il nous rejoint.

— Je n'ai pas entendu un seul chien, ni rien vu bouger. Je ne sais pas s'ils étaient sur nos traces ou sur celles d'autres marrons mais en tout cas, nous les avons bernés une fois de plus. C'est bien.

Il n'en dit pas plus. « C'est bien », et nous sommes fiers comme des coqs de combat. Ou des affranchis.

Niama fouille dans son sac.

— Vous avez peut-être faim ?

Encore un souci : ce que nous avons trouvé dans la clairière était bien maigre et il faudra bientôt redescendre, ou imaginer une autre solution. Bah, à chaque jour sa peine ! Nous mangeons ce que Niama nous distribue – c'est-à-dire pas grand-chose –, nous allongeons et dormons : les chiens ne chassent pas la nuit.

***

Un galet qui roule dans la ravine m'éveille en sursaut.

J'écoute, longuement… Plus aucun bruit. J'ai dû rêver. Ou c'est une pierre qui est tombée toute seule. J'ai été très surpris, lors de nos premières nuits en montagne, par le nombre de bruits étranges qu'on peut entendre : deux branches secouées par le vent qui bruissent l'une contre l'autre, les roches qui craquent en se refroidissant, l'éclaboussement d'un poisson dans un bassin immobile…

Je me lève tout de même, je prends mon épieu et je pointe le nez dehors. Niama et Cotte dorment encore, dans les bras l'un de l'autre.

Je ne vois rien à l'entrée de la grotte, les buissons ont l'air intacts, nulle odeur inquiétante ne vient effleurer mes narines. En tout cas, ça ne sent ni le chien, ni le Blanc.

Je sors encore un peu plus, et soudain, comme je vais me redresser, une pointe d'épieu se pique sur le sol, au ras de ma figure, tandis que deux pieds venus d'en haut cognent brutalement la roche devant moi.

Je ne bouge pas. J'examine tranquillement ces

pieds. Ce sont des pieds noirs, courts, larges, aux ongles écrasés. Ils sont ternis de terre et craquelés sur les côtés. Des pieds un peu comme les nôtres, des pieds qui ont longtemps couru la campagne…

Je me mets accroupi et, tenant à deux mains mon épieu en travers de ma poitrine, dans un geste que je veux pacifique mais prudent, je me redresse lentement.

L'homme qui me fait face est grand – au moins deux têtes de plus que moi. Son épaisse chevelure est emmêlée en grosses nattes lourdes, poussiéreuses. Il a un œil blanc, crevé peut-être dans une bataille, le nez épaté. Il a été marqué au fer rouge à l'épaule droite. Le puissant épieu qu'il tient à la main est armé d'une pointe de fer, sous laquelle pend une filasse blonde, qui semble faite d'herbes sèches.

Derrière lui, je vois d'autres guerriers, et deux femmes, dont l'une porte un bébé.

L'homme me toise longuement puis lâche :

— C'est vous qui avez égaré les chiens des Blancs, hier ? Beau travail, je n'aurais pas fait mieux.

Nous cherchions les marrons ? Les voilà.

6. Les guerriers

L'homme à l'œil crevé est leur chef. Il se nomme Chemicanne et vient de Madagascar, comme nous, mais d'une autre tribu. Apparemment, ses cousins de là-bas n'aiment pas les nôtres, car il nous a jeté un regard peu aimable. En revanche, son regard a longuement glissé sur Niama…

Il a une douzaine d'hommes avec lui, plus les deux femmes. Il observe avec mépris nos sacs presque vides, mais guigne avec intérêt le couteau de monsieur Augustave, qui est passé dans la ceinture de Cotte.

— Vous avez volé ça ?

— Oui, ment Cotte. Il a failli coûter la vie à l'un d'entre nous.

Je sens, à son ton, qu'il se méfie. Message reçu : je n'en dirai pas plus qu'il ne faut.

Les marrons nous entourent, silencieux. Certains

arborent de grandes cicatrices. Tous ont des mines farouches, fermées.

— Et... vous vous êtes déjà battus contre les Blancs ? demande Chemicanne.

— Avec une femme et un enfant ? Non, évidemment. Mais nous avons mis le feu à l'étable, quand nous sommes partis...

Il a dit « étable » plutôt que « parc à cochons » : cela fait plus grandiose.

— Ah, fait Chemicanne.

Il consulte, de son œil unique, ses compagnons, qui font d'imperceptibles signes de tête. Pas un regard pour les femmes, qui se tiennent en arrière.

— Bon, finit-il par dire. Suivez-nous !

C'est un ordre, plutôt qu'une invitation.

***

Nous montons, dans le creux de la ravine, jusqu'à ce qu'il soit trop peu profond pour nous cacher. Alors, nous nous accroupissons, dans un amas de rochers, pour attendre la nuit.

Les marrons ne parlent pas. Ils se contentent de regarder les pentes autour de nous, immobiles comme des pierres, leurs yeux noirs plissés sur des pensées qu'on sent dures et têtues. Deviendrons-nous ainsi, dans quelques années ?

Les femmes sont recroquevillées à l'écart. Celle qui a l'enfant le secoue doucement en lui murmurant des choses, à chaque fois qu'il commence à geindre. Parfois, l'enfant ne se tait pas, alors le chef des marrons la fixe de son œil unique. Elle sort un sein flasque de son chemisier déchiré, et le fourre dans la bouche du petit, qui cesse de pleurnicher et se met à téter.

À la nuit, tout le monde se lève. Nous allons repartir, sans doute, sur ce terrain découvert. Comme nous jetons nos sacs sur nos épaules, Chemicanne s'approche de nous.

— Si vous dites un mot sur ce que vous allez voir, vous êtes morts !

— Tu crois qu'on pourrait trahir ?

— Je crois à ce que je vois. Vous êtes neufs et tendres. Et quand on est tendre, on se laisse persuader. Si un chasseur te prend demain et te promet la vie en échange d'informations sur les marrons, qu'est-ce que tu feras ?

Cotte touche le couteau à sa ceinture.

— Les chasseurs ne me prendront pas...

— Je t'ai bien pris, moi ! Allez, réponds !

— Je ne parlerai pas, même sous la torture. Nous ne sommes pas si tendres que tu le dis.

— Hm... On verra... Mais si, par exemple, les chasseurs menacent de tuer le petit, ou la femme, si tu ne parles pas ? Hein ? Qu'est-ce que tu feras, grand guerrier ?

Cotte nous regarde, puis toise Chemicanne.

— J'essaierai, si possible, de les tuer tous deux de ma main, pour qu'ils ne souffrent pas trop. Ou je me tuerai moi-même. Que vaudrait ma vie en prison, ou aux champs avec les jarrets coupés ? Nous avons fait le choix de partir, personne ne nous y a forcés, et personne ne nous forcera à quoi que ce soit. Laisse-nous ici, si tu penses que nous pouvons moucharder ! Nous nous sommes plutôt bien débrouillés jusqu'à présent, je ne vois pas pourquoi cela ne durerait pas !

— Hé, c'est qu'il mordrait ! s'esclaffe Chemicanne.

Ses guerriers rient docilement. Avec leurs lances dressées, ils font comme une haie autour de nous.

— Ne vous fâchez pas, dit le borgne d'une voix plus douce. Je retire ce que j'ai dit. Et puis, de toute façon, vous ne verrez pas grand-chose dans le noir. Cela vaut mieux, d'ailleurs…

Sans plus discuter, il se met en marche. Comme il passe près de moi, je vois mieux ce qui orne son bâton ferré : la touffe jaune, que j'avais prise pour des herbes sèches, ce sont des cheveux de Blanc.

***

Nous montons longuement sur la roche nue, en file indienne. Il fait de plus en plus froid, un vent aigre nous pince la peau, sous nos vêtements trop minces.

Soudain, je sens un souffle plus humide, comme au bord de la ravine la nuit de ma fuite. Un précipice !

Il doit être vertigineusement haut, car le bruit des cascades qui monte de ce gouffre apparaît lointain, comme effacé par le vent. Une vague odeur de terre monte de l'abîme.

Chemicanne se tourne vers nous, ouvre la bouche puis se ravise. Mais, dardant son œil unique sur la plus jeune des femmes, il gronde :

— Si tu tombes, tu es morte ! Tu ne veux pas mourir ?

Elle frissonne, secoue la tête. Nous nous mettons en marche. En passant près d'elle, j'ai l'impression qu'elle pleure.

Les épreuves de la descente me font bientôt oublier les femmes, le bébé, Chemicanne et même Cotte et Niama : c'est un duel entre la falaise et chacun d'entre nous. Ne pas glisser, ne pas tomber, ne pas laisser mes jambes épuisées se mettre à trembler…

Nous descendons parfois face au mur, quand les prises sont rares, parfois parallèlement à celui-ci, quand la roche forme une petite corniche. Alors, il faut bien prendre garde à ne pas accrocher son sac à la falaise, sinon…

Ce n'est pas une descente aussi éprouvante que dans la ravine, au deuxième jour de notre fuite : ici la roche n'est pas usée par les eaux mais cassée, éclatée par je ne sais quel cataclysme. Mais c'est infiniment plus long. L'interminable dégringolade d'un escalier vertigineux, qui exhale sur notre flanc un brouillard glacé, dont je préfère ne pas connaître le secret.

Les doigts bleutés du jour nous surprennent en

plein effort. Nous ne stoppons pas pour autant : nous sommes au milieu d'une épaisse brume, qui étouffe les bruits et nous cache totalement à quiconque serait assez fou pour nous suivre dans cette descente. Elle nous cache aussi le fond de cet abîme et c'est miséricorde : mon instinct me dit que nous devons être comme des mouches au milieu d'un mur, minuscules et fragiles. Sauf que les mouches peuvent voler…

Il suffit d'observer l'extrême prudence des hommes de Chemicanne pour deviner quel danger nous menace. Ils posent un pied devant l'autre, attentifs et muets, suivant, telles des ombres, un vieux bonhomme à l'œil vif, qui nous a rejoints au sommet de la falaise, et depuis ouvre notre marche. Ce guide chenu, tout tordu de rhumatismes, mais aux bras et aux mollets noueux de muscles s'arrête, scrute la roche, revient parfois en arrière. Il doit avoir ses repères, infimes à nos yeux. Comment les a-t-il retrouvés en pleine nuit ? Je comprends en le voyant jeter quelque chose dans le fond : il a balisé sa route avec des plumes d'oiseau blanc, calées sous de petits cailloux ! Une fois les plumes envolées, personne ne pourrait deviner par où nous sommes passés, sauf lui peut-être, qui doit savoir toutes les embûches de cette falaise.

Derrière moi avance une des femmes, la plus jeune, celle qui n'a pas d'enfant. Elle claque des dents, sous sa vieille cotonnade d'Inde aux couleurs passées. Je fouille dans mon sac, lui tends une chemise. Elle me lance un regard surpris et vaguement apeuré. Vraiment bizarres, ces compagnes des marrons…

Et soudain le brouillard se déchire.

C'est brusque comme une fin de pluie : l'instant d'avant, nous cheminions dans un monde clos et ouaté, quelque part entre ciel et terre, sans aucune notion d'altitude, et n'avions qu'un simple soupçon du danger, et voici que nous nous découvrons, insectes minuscules, en plein milieu d'une falaise immense, presque verticale, qui dévale sous nous jusqu'au tapis vert d'une forêt, dont les arbres sont si lointains qu'ils nous apparaissent minces comme des brindilles.

La femme derrière moi laisse échapper un long hurlement de terreur, qui rebondit sur les montagnes et nous revient déformé, comme un cri de bête.

***

Personne n'est tombé.

Chemicanne a fait taire la femme, d'une grande gifle qui lui a marqué la joue. Elle renifle et suit. Elle ne regarde ni le haut, ni le bas, juste mes pieds devant les siens. Si je sautais dans le vide, elle sauterait aussi.

Il n'y a eu aucun arrêt, nous n'avons rien mangé, rien bu. Les hommes de Chemicanne sont toujours aussi muets. De temps en temps, je surprends Cotte qui se retourne, et sourit furtivement à Niama.

Enfin, la forêt se rapproche, les arbres finissent par ressembler à des buissons, puis à ce qu'ils sont réellement : des géants aux ramures enchevêtrées, qui étalent leur toit épais au-dessus d'un sol invisible.

Et, brutalement, nous passons de la lumière blanche de la falaise à la lumière verte du sous-bois. C'est une forêt étrange et inquiétante. Les troncs en sont tordus, penchés, appuyés les uns aux autres, couverts de mousses et de fougères. En pendent des lianes et des lichens, tels des cheveux herbus. Le sol est encombré de rochers et de racines, qui forment un chaos impossible à traverser.

Un homme s'appuie à une de ces racines, presque aussi haute que lui, et pousse un grand soupir. Tout de même, un signe de fatigue chez ces guerriers ! Mais Chemicanne le fusille de son œil, et il se redresse. Nous repartons aussitôt.

La piste, en réalité une absence de chemin, juste un vague passage praticable dans le labyrinthe de blocs au pied de la falaise, s'insinue entre l'épaisse forêt et la muraille de pierre. De temps à autre, l'escalade d'un rocher plus haut que les autres nous livre un panorama des environs : une vallée assez large, mais torturée de pics aux pentes sauvages, et enchâssée, enfermée par des murailles toutes aussi hautes et verticales que celle que nous avons descendue. Un refuge aussi sombre et brutal que les hommes qui nous entourent…

Au milieu de la matinée, notre guide s'arrête, marche droit vers un amas végétal compact, et disparaît soudain : il y a un passage entre les lianes, mais si étroit qu'un seul homme peut s'y glisser à la fois. Derrière, je découvre une escouade de marrons armés de sagaies : quiconque voudrait forcer cette barrière aurait à en souffrir ! Ces hommes sont aussi silencieux que ceux de notre escorte. Ils saluent Chemicanne d'un hochement de tête respectueux, et guignent les femmes avec curiosité, surtout Niama. La moitié d'entre eux reste aux postes de garde, les autres se collent à nos talons, la sagaie à bout de bras.

Il nous faut encore un long moment pour parvenir, avec notre escorte, à un sous-bois plus clair, dont les lianes et les buissons ont été soigneusement nettoyés. Des abris de branchages s'appuient aux plus gros troncs. Des hommes et des femmes travaillent à ce qui semble être des potagers, d'autres sortent des cabanes : un village entier se cache là, dans ce gouffre, loin du monde connu, loin des Blancs.

Les marrons nous entourent, certains sourient. Mais Chemicanne lance des regards farouches aux curieux et personne n'ose nous questionner. D'un signe de menton autoritaire, il nous incite à le suivre jusqu'au centre du village, où attend un homme à cheveux blancs. Ce doit être le chef : il s'est campé sur un gros rocher moussu et nous toise en croisant les bras, d'une manière un peu théâtrale.

Après avoir bien examiné notre troupe, il gronde :

— Tu as perdu un homme, Chemicanne ! Et que nous rapportes-tu en échange ?

Le borgne siffle :

— Des femmes. Et ça !

Les guerriers de Chemicanne ouvrent leurs sacs, et étalent au pied du rocher deux sabres d'abattis, un pistolet, un sac de grains, un autre qui semble contenir de la farine, des racines de manioc, de songe* , des pommes de terre, et six poules mortes.

— C'est tout ? grommelle le chef. Tu as fait périr un des nôtres pour deux sabres et un pistolet, pour lequel tu n'as même pas de poudre et de balles ? Tu as lancé les chasseurs sur ta trace pour ça ?

— J'ai égaré les chasseurs ! jette Chemicanne.

— Avec notre aide…, coupe Cotte.

— Qui es-tu, toi ? Comment oses-tu parler sans y avoir été autorisé ?

— Parce que j'ai conquis ma liberté tout seul, parce que je suis un marron libre, parce que je n'ai

* La songe ou *sonj* est appelée colocasie par les scientifiques. Originaire d'Asie, cette plante pousse au bord des cours d'eau et donne des feuilles vertes en forme de cœur, sur lesquelles l'eau glisse sans s'arrêter (une expression de la Réunion dit « comme de l'eau sur feuille songe » pour qualifier un souci qui ne vous affecte pas). Ces feuilles sont comestibles, de même que les racines de la songe qui se cuisent comme des pommes de terre.

pas demandé à venir ici et que j'aimerais bien que Chemicanne cesse de jouer au chef avec moi ! Je n'ai pas fui le Domaine pour retrouver un commandeur !

Chemicanne frémit sous l'insulte mais le chef lève une main apaisante.

— Du calme ! On ne se bat pas ici ! Ou alors selon les règles… Tu veux me dire, jeune homme, que tu étais dans les forêts et que Chemicanne t'a forcé à le suivre ?

— Moi, mon jeune frère et ma femme, que voici.

— Ah, parce que cette femme est à toi, en plus… La plus jolie, par-dessus le marché ! Tu l'as faite prisonnière ? Tu serais prêt à l'échanger ? Je crois que tu pourrais en tirer beaucoup, ici : les femmes sont rares…

— Elle m'a suivi de son plein gré, elle est ma compagne et je ne l'échangerais pour rien au monde. Et que personne ne s'avise de lui manquer de respect !

— Holà ! Calme, jeune homme, calme… Tu es chez moi, ici…

— Je n'y suis pas venu de mon gré !

— Tu y es tout de même, et il y a certaines règles à respecter, pour la sécurité de tous. Parmi elles, deux lois impératives : nous ne nous tuons pas entre nous – il y a d'autres manières de vider ses querelles –, et nous ne crions jamais. Les voix montent, et on peut les entendre de très haut. Je ne veux pas que la dispute de deux imbéciles aille avertir les

Blancs que nous sommes ici. Comment t'appelles-tu, guerrier ?

— Cotte.

Le vieux sourit.

— Pas de chance. Ici, Cotte, c'est moi ! Il faudra que tu trouves un autre nom. Ou alors, on t'appellera Cotte le Petit. Ça te va, Cotte le Petit ?

Cotte frotte le sol du bout de son pied. Je vois les muscles de ses joues se nouer. Je sens qu'il a envie de hurler. Mais Niama pose sa main sur son bras, et mon frère relève la tête, se forçant à sourire.

— Je préférerais Cotte le Jeune…

Le chef le regarde avec malice.

— Tu veux dire par là que tu es plus grand que moi, si je descends de mon rocher ? Méfie-toi, mon garçon, la vraie grandeur ne se mesure pas avec un bâton ! Et les deux autres ?

— Elle, c'est Niama. Vous n'avez pas déjà une Niama, j'espère ?

— Non. Et ce n'est pas la peine d'aboyer. Est-ce ma faute s'il y a tant d'hommes qui s'appellent Cotte ? Et le petit ? Maavel ? Ah, c'est ton frère ? Je connais un Maavel mais il vit loin, dans le sud. Il est encore plus vieux que moi, et se donne lui aussi beaucoup de mal pour calmer les jeunes fous de son village… Bienvenue, Niama, Maavel et Cotte le Jeune ! Ne nous jugez pas trop vite : vous apprendrez bientôt qu'une bonne partie de nos bizarreries nous sont dictées par la nécessité. Si nous étions dans un pays libre ou que cette île soit à nous, il en irait différemment… Et arrête de prendre des airs féroces, Chemicanne, tu sais bien que ce jour-là n'arrivera jamais.

***

On nous a désigné un coin, où nous pourrons bâtir nos abris. Un marron d'âge moyen, à la figure toute ronde, a été dévolu à notre instruction. Il se nomme Frangorin, ce qui laisse supposer qu'il avait un penchant pour l'arak, quand il était esclave. La première chose qu'il nous a demandée, d'ailleurs, c'est si nous avions volé de l'alcool en partant. En apprenant que non, il a fait la grimace.

— Rien à se mettre dans le gosier, ici, que l'eau pure des montagnes ! Au bout d'un moment, l'eau pure…

Frangorin est très bavard. Il nous explique que rien de nos activités ne doit être visible du haut des falaises qui nous entourent.

— Les Blancs ont des longues-vues puissantes. Aussi pas de bruit violent, aucune activité agricole hors du couvert des arbres, aucun animal bruyant. Vous avez vu ? Nous élevons des porcs, des cabris mais pas de volaille : pas de chant du coq ! On ne fait aucun mouvement hors du couvert des arbres, sauf quand le nuage est là. N'ayez crainte, il s'installe presque tous les après-midi, mais attention : le brouillard peut se dissiper très vite. Et si vous êtes à découvert à ce moment, par exemple en train de remonter de la rivière, tassez-vous derrière un rocher et ne bougez plus tant que le brouillard n'est pas revenu, ou la nuit tombée… Je vois que vous portez des vêtements sombres, qui ne se voient pas de loin. Continuez : c'est une bonne habitude à conserver.

Il nous désigne un arbre, auquel s'appuient de longues branches séchées.

— Prenez tout ce qu'il vous faut. Personne ne coupe de branche sans l'autorisation de Cotte, mais ce qui est au village appartient à tous, sauf les armes, qui sont à qui les a conquises. C'est pour cela que personne n'a fouillé vos sacs. Si vous voulez être des nôtres, il faudra partager.

Cotte hausse les épaules.

— Je crois que nous n'avons pas le choix, non ? Si nous ne voulions pas rester, qu'est-ce qui se passerait ?

— Honnêtement, je ne sais pas, répond Frangorin. Personne n'est jamais reparti d'ici. D'abord parce qu'il faudrait savoir par où remonter la falaise. Ensuite et surtout parce qu'on y vit bien. Vous verrez, vous oublierez vite qu'on vous a un peu forcé la main… C'est comme les deux femmes qu'ils ont ramenées…

— Elles ne sont pas venues de leur plein gré ?

— Non. On manquait de femmes et d'un certain nombre d'autres choses, comme des armes et des graines, et Chemicanne, qui est notre chef de guerre, a été envoyé en expédition. Il est descendu avec ses hommes sur une propriété isolée, et voilà… Les femmes n'étaient pas trop d'accord. Mais vous comprenez bien qu'on n'a guère le temps de leur demander leur avis… La jeune est ce que nous appelons une double esclave : apparemment, elle se trouvait très bien chez ses maîtres. Il faudra la libérer de cette idée-là : il n'y a rien de bon chez les Blancs. L'autre… Elle avait un compagnon en bas, mais il ne l'a pas suivie. Peut-être était-il ailleurs, peut-être faisait-il partie des esclaves qui se sont battus contre les gars de Chemicanne…

— Des esclaves qui défendent leur maître ?

— Ça existe. Ce coup-ci, c'est un esclave qui a donné l'alerte. Le Blanc devait avoir un fusil chargé, car il a étendu raide un guerrier de Chemicanne. Pendant qu'il rechargeait, Chemicanne lui-même lui a lancé son épieu, qui l'a cloué au mur de sa case. Je me méfie un peu des récits de Chemicanne, car il a tendance à exagérer, mais il dit qu'il est allé rechercher son arme dans la poitrine du Blanc, qui vivait encore. Il n'a pas eu le temps de mettre le feu : la cloche sonnait à toute volée et le commandeur avait lâché les chiens. Ils ont dû les tuer un à un, au sabre et à la sagaie. Rien d'étonnant à ce que les chasseurs aient été à leurs trousses ! Ah, vous l'aurez peut-être remarqué : Chemicanne n'est pas du genre commode. Il vaut mieux ne pas le contrarier…

Nous avions effectivement remarqué.

Quelques heures suffisent pour monter notre *ajoupa** de branches et de feuilles, dont Niama tapisse le sol de mousse épaisse arrachée sur les arbres.

— Demain, nous en bâtirons un petit pour toi, dit Cotte.

Je devine bien pourquoi : enfin, ils vont pouvoir vivre, Niama et lui, comme mari et femme, et n'ont que faire d'un gamin sous leur toit. Mais je vais me sentir seul, dans ma case de célibataire…

L'abri terminé, nous apportons nos sacs au centre du village, où tout le monde arrive bientôt, cou tendu de curiosité, et les vidons.

— Voilà, il n'y a pas grand-chose ! Des lignes pour la pêche, des cordages, quelques vêtements de rechange, les sacs eux-mêmes…

Quelques-uns s'étonnent de nous voir équipés d'aussi bonnes lignes de pêche et de collets de si bonne qualité.

— Volés à un Blanc, explique Cotte. Nous avons aussi nos épieux et deux couteaux : celui que je porte à la ceinture, et celui de mon frère, qui est, comme vous le voyez, une lame entourée de chiffon… Ce sont nos armes. Pouvons-nous les garder ?

— Bien sûr, dit le vieux Cotte. Quelqu'un aidera

* *Ajoupa* est un mot de la langue des Indiens Tupis, comme *boucan*. Il désigne un abri sommaire en branchages. Ce mot a voyagé des Caraïbes à l'océan Indien avec les navigateurs du XVIIe siècle.

Maavel à fabriquer un vrai manche pour son couteau. Conservez aussi ce paquet de vieux vêtements, vous en aurez besoin. Le reste est à tout le monde. Qui a besoin d'une chemise neuve ?

Des mains se lèvent. Le chef lance les chemises aux plus mal habillés, puis fait de même avec les robes de rechange de Niama, non sans recommander :

— Je ne veux voir aucun linge blanc ! Teignez-moi tout ce qui est trop clair avec du jus d'arbre !

Il est en pleine distribution quand un homme s'approche de lui, et murmure à son oreille.

— C'est bien, dit le vieux chef.

Puis, se tournant vers les autres, il clame :

— Je veux que vous sachiez tous que ceux-là n'avaient rien caché dans leur *ajoupa*, qui a été soigneusement fouillé. Je dois vous dire aussi qu'ils ont construit leur abri en utilisant uniquement des brins de liane : ils n'ont pas gaspillé une seule aune de leur corde, qui est ici intacte. Certains devraient en prendre de la graine !

J'ai un élan vers l'avant mais la main de Cotte, ferme sur mon épaule, m'oblige à rester en place. Il dit :

— Je crois que nous n'avons de leçon à donner à personne : tout semble très bien organisé ici.

Puis, d'un geste naturel, il ramasse le ballot de vieux linge qui nous a été laissé, le ballot dans lequel nous avons caché le bœuf séché de monsieur Augustave.

***

— Il aurait fallu leur dire ! souffle Niama. Ce n'est pas honnête !

— Est-ce qu'ils ont été honnêtes avec nous ? Je veux dire, pas le chef, qui a l'air brave homme, mais ce Chemicanne ?

— Chut ! Si on t'entendait...

— J'en ai assez de chuchoter ! Au camp, il fallait chuchoter, dans la forêt, il fallait chuchoter, et même ici, au royaume des marrons ! Quand est-ce que je serai libre ?

— Nous le sommes déjà, Cotte. Bien plus qu'avant. Souviens-toi de Sansquartier, souviens-toi du rat blanc... Calme-toi, viens contre mon épaule, dors...

Je m'endors moi aussi, dans cet abri neuf qui sent la feuille fraîche, plus chez moi que je ne l'ai jamais été, et pourtant plus effrayé par le monde qui m'entoure que quand nous étions seuls dans la forêt.

***

Les jours suivants balaient nos appréhensions. La vie du village est paisible et travailleuse. Il faut beaucoup transpirer pour récolter de quoi nous nourrir : les meilleures terres sont en bas, près de la rivière, mais elles sont à découvert, on ne peut pas y planter beaucoup, ce serait trop visible d'en haut. Nous nous contentons d'y enfouir des patates ici et là, d'une manière disparate. Leur feuillage sombre se confond, de loin, avec celui des lianes sauvages. En revanche, le maïs, le blé, le manioc, la pomme de terre, trop facilement identifiables, ne sont cultivés qu'en forêt, dans de petites clairières au milieu des arbres. Ils reçoivent trop peu de lumière, et on ne peut pas les irriguer, faute de pouvoir construire des canaux, qui seraient trop repérables, donc ils poussent mal.

Fort heureusement, les porcs et les cabris prolifèrent. Ils sont à demi sauvages, et il faut aller les chasser à la sagaie, ou les piéger au collet. Dans le village, quelques chèvres attachées à un piquet donnent du lait, qui est équitablement distribué chaque soir à tous ceux qui en veulent.

L'ordinaire est complété par nos chasses et nos cueillettes. Il y a peu de fruits comestibles dans cette forêt, mais les hommes de Chemicanne rapportent parfois le cœur de certains palmiers, qui se mange cru ou cuit dans une marmite, comme un légume. Je n'ai jamais rien goûté d'aussi bon. Les débris des palmiers ne sont pas laissés sur place, ils pourraient trahir notre présence : les arbres sont sabrés au ras du sol, l'espace nettoyé et recouvert de terre fraîche, et les hommes rentrent en traînant les feuilles derrière eux pour effacer leurs traces. C'est la grande règle ici : où qu'on aille, quoi qu'on fasse, même une innocente partie de pêche à la rivière, il faut veiller à ne laisser derrière soi aucun indice pouvant signaler notre présence.

— Nous n'avons rien à craindre des chasseurs blancs, explique Cotte le Vieux : ils sont trop bruyants, nos sentinelles les repéreraient bien avant qu'ils ne soient ici. Mais il y a des coureurs de montagne un peu fous, des solitaires qui sont prêts à traverser le pays d'un bord à l'autre pour attraper une chèvre sauvage. Et les chèvres sauvages peuvent leur montrer un passage qui mène ici, comme elles nous l'ont montré, à nous, il y a des années.

Les hommes de Chemicanne sont particulièrement bien entraînés à ces expéditions furtives, dont ils ne reviennent jamais bredouilles. Le borgne semble décidé à faire oublier son demi-échec chez les Blancs, et ne passe pas un jour sans mener ses gens au fin fond des forêts, d'où ils reviennent avec un cabri garrotté, une famille de tangues* couinant au fond de leur sac, ou des camarons** de rivière, ou des goyaves*** sauvages, avec lesquelles

* Le tangue ou tandrec est un animal originaire de Madagascar, de la taille d'un cobaye et doté de poils raides et épineux, qui le font ressembler à un petit hérisson. Il est comestible, et toujours prisé des Réunionnais qui le chassent avec des chiens.

** Le camaron est une très grosse crevette de rivière, qui peut atteindre la taille d'une langoustine.

*** La goyave est un fruit originaire de Chine, qui pousse maintenant à l'état sauvage dans les forêts. Acidulée, grosse comme une prune (goyave violette ou « goyavier ») ou une reine-claude (goyave de Chine), elle est riche en vitamine C.

les femmes préparent une pâte dure et sucrée, qui donne de la force pour les longues marches.

J'imagine que les chasseurs professionnels des Blancs doivent ressembler à ces gars de Chemicanne : maigres, farouches, silencieux. Tous les hommes du village rêvent de faire partie de cette petite armée. Ils rêvent d'autant plus que les soldats de Chemicanne semblent avoir une priorité sur les femmes, soit qu'elles se sentent forcées par l'espèce de puissance mâle qui émane d'eux, soit qu'elles soient séduites...

Comme Frangorin l'avait annoncé, les deux femmes récemment capturées se laissent peu à peu apprivoiser. La plus jeune dort déjà sous l'ajoupa d'un gars de Chemicanne. Elle semble être du genre qui se trouve bien partout : elle a pleuré quand les guerriers l'ont arrachée à son camp d'esclaves, mais elle pleurerait maintenant si on voulait l'arracher d'ici. Elle travaille dur aux cultures, et a appris avec les autres femmes à cuisiner sans fumée et presque sans odeur : tout un art, d'où les grillades sont bannies, et qui nous procure des daubes un peu fades, bouillies à la marmite, mais agréables au ventre.

L'autre femme, celle qui a l'enfant, reste encore morose. Mais on sent qu'elle se résigne peu à peu. Il n'y a pas de retour en arrière, et elle ne reverra jamais son compagnon d'en bas, sauf si celui-ci avait l'audace de se faire marron tout seul, et la chance de trouver notre refuge, ce qui est tout bonnement impossible. Elle pleure moins, elle fait son deuil de son ancienne vie. Les hommes tournent autour d'elle comme des papillons...

Ils lancent aussi des regards appuyés à Niama, si belle, si jeune...

J'aurais craint, avant, que Niama ne se laisse troubler par cette admiration insistante : au Domaine, elle était coquette. Mais la forêt a fait d'elle une autre femme, et elle retourne leurs plaisanteries sans se troubler aux gars qui la courtisent. Certains sont superbes, cependant, solidement bâtis, et avec une peau lisse qui n'a jamais été marquée par aucun fer. Je n'ai jamais osé le demander, parce que tout ce qui touche à l'ancienne servitude est un sujet tabou ici, mais je me demande si certains ne sont pas des enfants de marrons, nés libres dans les forêts.

Cotte lance des regards farouches à ceux qui tournent trop près de sa Niama, mais il n'y a jamais eu d'incident jusqu'à présent. Nous avons eu l'occasion de voir, en revanche, comment se règlent les disputes, à l'occasion d'une histoire classique : la compagne d'un guerrier qui meublait joyeusement ses journées, tandis que son homme était en forêt. Le guerrier a corrigé l'infidèle dans l'intimité relative de leur ajoupa. En silence, cela va de soi, mais les gémissements de la punie ont tout de même percé l'abri de feuilles et alerté un de ses partenaires occasionnels, qui a lancé un défi au guerrier.

Ils se sont battus le lendemain, au pied du grand rocher. Un combat silencieux où volaient poings et pieds. Aucune arme dans leurs mains, mais un talon endurci par la marche n'est-il pas une arme redoutable ? Le guerrier a gagné, son adversaire heurté d'un grand coup de tête en pleine face s'est effondré, lèvres éclatées. La femme volage se tiendra donc tranquille quelque temps…

Je n'aimerais pas avoir à me battre contre un de ceux-là, et surtout pas contre Chemicanne. On raconte qu'il a perdu son œil en allant tuer, plusieurs années après sa fuite, le commandeur de sa propriété. D'autres disent que c'est après avoir été attaqué par des chiens de chasseurs. En tout cas, ses cicatrices et sa marque au fer rouge sont bien réelles, et ce ne sont pas les stigmates d'un apprenti…

Il ne cesse jamais de lorgner Niama. Il a une femme, pourtant, et une des plus belles du village, mais Niama l'intéresse. Je crois que ce qui lui plaît est que Niama soit rebelle.

***

Le soir, autour des marmites, la conversation court toujours sur les mêmes sujets : ce que nous avons fait aujourd'hui, et ce que nous ferons demain. Nous sommes assez nombreux : une cinquantaine d'hommes, une douzaine de femmes, quinze enfants. Tous les enfants sont plus jeunes que moi, sauf un, qui n'est jamais sorti d'ici. Par mon âge et mon expérience, je me sens plus proche des adultes que de la marmaille, dont je suis devenu, un peu contre mon gré, une espèce d'idole. Je ne peux pas faire un pas sans avoir une demi-douzaine de morveux sur les talons, qui observent comment je prépare les appâts pour la pêche, comment je tresse une nasse, comment je pioche un trou pour y mettre une patate… Et ça commente, et ça questionne ! Mais pour m'aider, rien, pas un geste. Il paraît qu'on leur a dit de ne rien faire, parce que nous ne pouvons pas nous permettre de gâter un seul outil, une seule graine. Tout de même, de la prudence à la paresse, il y a une marge !

Le bilan du jour passé s'estime en bêtes prises, en récoltes engrangées, en habits tressés. Car comme les jours froids approchent, il faut s'équiper en conséquence. Les hommes coupent des lianes, qu'on bat sur une roche jusqu'à en extraire la fibre, qui se démêle en fils jaunâtres et rêches. Les fils sont tendus sur un rouleau et des femmes consacrent leurs journées à y faire passer une navette, pour en tirer une sorte de tissu épais et râpeux, qui devient des couvertures ou des capes. C'est un travail interminable, qui brise les reins et ensanglante les doigts, mais il faut le faire, si nous ne voulons pas périr de froid.

Ceux qui possèdent des couteaux sont chargés de tailler le poil des chèvres. Il est trop court pour être tissé mais en le battant longuement avec de la graisse et de la terre, on fabrique une sorte de feutre qui sert lui aussi à faire des couvertures.

Enfin, les peaux des bêtes tannées et séchées complètent notre garde-robe. Tout cela pue atrocement, et nous sommes tous devenus des sauvages nauséabonds, hommes et femmes. Mais mieux vaut puer libre qu'être un enchaîné parfumé ! Même Niama est d'accord sur ce point.

Les conversations à propos du lendemain portent généralement sur les tâches immédiates, mais s'envolent parfois plus loin : comment nous allons passer l'hiver, comment nous ferons quand nous seront cent, deux cents, comment ce serait si nous étions mille…

Fangourin, qui a dû garder quelques séquelles de son passé de buveur, aime bien s'échauffer.

— On aurait une vraie armée, on pourrait attaquer leurs fermes, on pourrait même attaquer leurs chasseurs, on leur volerait leurs fusils… Et alors, ils n'auraient qu'à bien se tenir !

Il le répète sans cesse : les Blancs n'auront qu'à bien se tenir, quand nous serons forts. Parfois, cela énerve les autres.

— Tu ne vois pas qu'on est obligés de vivre cachés comme des animaux, qu'on ne sera jamais mille, parce qu'il est déjà difficile de se nourrir à cent sur ce territoire ?

— Et les autres camps ? Qu'est-ce que vous faites des guerriers de Dimitile, qui est dans le nord, et de Maavel – pas le nôtre, qui n'est qu'un gamin, mais l'autre, le grand chef de guerre – dans le sud? Qu'est-ce que vous faites des armées du roi Phaonce ?

— Le roi Phaonce, mon pauvre vieux, mon père en parlait déjà ! Et personne ne l'a jamais vu !

— Il existe ! Même qu'il y a son trône, sur les pentes là-haut, du côté du Piton Rouge...

— Cette espèce de siège de pierre ? C'est la nature qui a fait ça toute seule, pas ton roi ! Et même si c'est lui, il y a tant de mousse dessus que ça doit bien faire cent ans qu'il ne s'y est pas assis ! Non, crois-moi, il n'y a que deux solutions : ou bien rester ici tranquillement, en espérant que les Blancs ne nous trouveront pas, ou bien construire une pirogue et filer.

Là, en général, la conversation repart de plus belle. C'est à qui donnera son avis sur la pirogue, qui est une grande affaire. Les Malgaches, naturellement, sont beaucoup plus excités par ce projet que les Africains : Madagascar n'est qu'à trois ou quatre jours de mer, du moins certains le disent.

— Je le sais par un esclave des docks, qui chargeait le café. Il a interrogé un matelot, comme ça, en faisant semblant de le féliciter pour son courage, et l'autre, comme un imbécile, s'est vanté : Madagascar ? Il y serait avant dimanche ! On était un mardi, calculez vous-mêmes...

Les gars comptent sur les bosses de leurs doigts, hochent la tête... À ce moment, il y a toujours un Africain pour lancer :

— Oui, mais chez nous, c'est plus loin...

— Le double, au moins le double !

Cela donne à réfléchir, d'autant qu'une pirogue, à condition qu'on puisse en voler ou en fabriquer une, ça n'a pas de voile comme les grands bateaux des Blancs, ça ne file pas sur l'eau sans effort, il faut ramer…

— Avec une pirogue, pour Madagascar, faut compter au moins trois fois cinq jours…

Autant dire que l'Afrique est hors de portée et que même pour Madagascar, il faudrait emporter beaucoup de vivres et surtout beaucoup d'eau. Et dans quoi on la mettrait, l'eau ?

Les uns suggèrent de couper des bouts de bambou qu'on remplirait et qu'on boucherait, les autres de voler et semer des graines de calebasses, d'autres encore de coudre des outres en peau de chèvre, ou de cuire des pots avec de la boue de rivière… Jusqu'à ce que quelqu'un finisse par dire :

— C'est bien beau, tout ça, mais si on fabriquait une pirogue ici, comment on la ferait sortir ?

La seul issue connue de notre refuge est la vertigineuse falaise, le long de laquelle il n'est évidemment pas envisageable de hisser une embarcation. D'ailleurs, qu'en ferions-nous une fois là-haut, à des lieues de la mer ? Quant à espérer descendre la rivière, bernique ! L'eau est à peu près calme en aval de notre camp mais, à une heure de marche, la rivière se casse en ressauts et cascades, et s'enferme dans un gouffre sombre et étroit. Nul ne peut le remonter, nul n'a jamais osé le descendre.

Quand j'y pense, je me dis que notre petit pays libre est une sorte de prison.

***

Voici justement qu'on nous offre d'en sortir, de la prison. Deux guerriers de Chemicanne ont été blessés par un gros cochon marron, et il propose à Cotte de remplacer l'un d'entre eux, pour la prochaine expédition. Un honneur qui comblerait d'aise bien des hommes plus anciens dans le village, et que Cotte ne peut refuser sans offusquer le borgne. Mon frère y met cependant une condition.

— Je viens si mon frère Maavel peut venir lui aussi !

— Comment oses-tu ?

— Je n'ose pas, Chemicanne, je te demande poliment. Et je sais ce que je fais : Maavel a été un élément très utile dans notre fuite, et il fera un guerrier dont nous pourrons être fiers, s'il est bien entraîné. Qui pourrait mieux le former que toi ?

Cotte raconte comment j'ai mis le feu avant de partir, par quel stratagème j'ai berné la grosse Hortense, comment j'ai brouillé les pistes et affolé les chiens. Il ajoute aussi, pour faire bonne mesure, la manière subtile dont j'ai dépouillé le Blanc d'une ferme isolée…

Quand il a fini, Chemicanne me considère d'un œil moins sévère.

— C'est vrai, j'ai remarqué avec quelle ingéniosité il fabrique ses nasses à poisson. Et il est attentif à ne jamais laisser de trace de son passage : je l'ai suivi plusieurs fois, pour voir – ces jeunes sont si souvent étourdis – et je ne l'ai jamais pris en défaut. Seulement, il y a un problème auquel tu n'as pas pensé...

— Quoi donc ?

L'œil de Chemicanne brille d'un éclat moqueur.

— Si vous mourez tous deux, il n'y aura plus personne pour veiller sur la jolie Niama.

***

Nous sommes partis en début d'après-midi, dès que le nuage s'est installé. Les adieux ont été assez pénibles, entre Cotte et Niama : elle ne comprend pas trop qu'un homme puisse avoir envie de courir les montagnes. Elle se trouve bien, ici, au milieu des autres femmes et des enfants... Je lui ai expliqué où était le bœuf séché, au cas où elle en aurait besoin : je l'ai ligoté à la charpente de mon ajoupa, où il se confond avec les branches et les feuilles sèches. Un morceau de bois parmi d'autres. On ne risque même pas de sentir son odeur : ma couverture en feutre de chèvre couvre tout de son relent épais.

Nous montons. Sur nos épaules, de minces couvertures de fibre tressée, censées nous protéger du froid et de la pluie, car les mauvais jours se sont installés. À nos poings, nos épieux de bataille, aux pointes renforcées de fer. Celui de Chemicanne est orné, comme chaque fois qu'il part en campagne, de cette touffe blonde qui m'avait intrigué à notre première rencontre. Certains disent que ce sont les cheveux du commandeur blanc qu'il a tué, d'autres qu'ils appartiennent à sa maîtresse blonde, qu'il admirait en secret, qui évidemment n'a pas voulu de lui et qu'il a égorgée en partant… La seconde hypothèse me paraît plus vraisemblable : j'imagine assez bien Chemicanne assassinant la femme qu'il aime, pour qu'elle cesse d'être à un autre. C'est pour cela, sans doute, que je n'aime guère la manière dont il regarde Niama… Il faudra que je sois attentif, afin qu'aucune traîtrise ne menace la vie de Cotte.

Pour l'heure, pas de mauvais geste : Chemicanne monte d'un pas alerte derrière notre guide, qui retrouve sans hésiter l'imperceptible passage vers le sommet. Je n'ose pas demander ce qui se passerait si le guide mourait. Sans doute le vieux Cotte sait-il les secrets, ou quelque autre mystérieux initié de notre tribu… Quand nous serons parvenus en haut, le guide attendra, caché dans un trou de rocher, que nous revenions, aussi longtemps qu'il faudra. Il a la consigne de redescendre seul, si au bout d'une lune personne n'a donné signe de vie. Mais cela n'est jamais arrivé, de mémoire de guide : même si elle tombait sur une escouade de chasseurs, une bande aussi forte que la nôtre ne se ferait pas prendre tout entière. Il y aurait des pertes, comme l'autre fois lors de l'attaque de la ferme, mais des hommes rentreraient. Le guide s'installe donc à l'abri, infiniment patient, et survit d'un peu d'eau et de cabri séché, tout le temps nécessaire…

On m'a expliqué pourquoi les secrets de la falaise n'étaient détenus que par un tout petit nombre d'hommes : c'est pour empêcher une trahison – même les plus forts peuvent fléchir sous la torture – et éviter les accidents. Les guides précèdent les escouades sur le chemin mais ne participent pas aux expéditions, et ne risquent donc pas d'être pris. À part eux, les seuls êtres vivants à oser se lancer à l'assaut des murailles sont les chèvres sauvages, légères et audacieuses, qui passent partout.

La nuit nous surprend bien avant que nous soyons au sommet, mais nous poursuivons notre ascension. Il est plus facile de monter que de descendre : on empoigne la paroi devant soi et on grimpe en ne perdant pas de vue les talons de celui qui précède. Beaucoup moins dangereux que de dégringoler la muraille face au vide…

Les nuages se dégagent comme nous émergeons au haut de la falaise, révélant une nuit piquée d'étoiles. C'est assez de lumière pour que nous puissions poursuivre. Notre guide nous quitte sans un mot, pour aller vers son trou, et nous dévalons en trottinant la pente de roche nue.

Nous sommes huit hommes – je me compte désormais comme un homme, puisque Chemicanne a bien voulu de moi – bien armés, qui partons à l'assaut des Blancs.

***

Ce n'était guère la peine de m'échauffer tant : notre dangereuse expédition a été une promenade ! La chance – ou le flair de notre chef – ont fait que la petite ferme que nous visions était abandonnée quand nous sommes arrivés. Une odeur de feu éteint, mêlée à celle des chiens, nous attendait quand nous sommes arrivés sous son vent. Pour les chiens, les hommes savaient ce qu'ils devaient faire : les bêtes ont à peine eu le temps de couiner.

La baraque était à nous. Les gens ne devaient pas être partis depuis longtemps, car les cendres étaient encore chaudes sous les marmites, qui contenaient des restes de nourriture. Nous avons tout dévoré, puis avons fouillé et ramassé tout ce qui pouvait nous servir. Au moment de partir, il a fallu abandonner des outils lourds, comme une hache de bûcheron et une masse, car nous n'aurions jamais pu porter notre butin. Nous avons tout fourré dans des sacs et des couvertures liées aux quatre coins et nous sommes repartis, sans un mot mais en riant tout bas : la tête que feraient ces Blancs en revenant chez eux !

Un des gars a fait le signe de mettre le feu, mais Chemicanne a secoué la tête : cela n'aurait servi qu'à alerter les chasseurs, il valait mieux filer le plus vite possible. De fait, nous n'avons entendu ni cri, ni chien, pendant tout le temps qu'il a fallu pour remonter jusqu'à la falaise. Le guide, qui avait pourtant vu bien des retours d'expédition, n'en croyait pas ses yeux quand il a vu à quel point nous étions chargés.

La descente a été toute une affaire : il ne fallait pas risquer de laisser tomber un de nos ballots, ni de tomber soi-même, naturellement ! Mais nous sommes arrivés en bas sans encombre, tant nous étions fiers, et désireux de ne rien perdre de notre butin.

Et les cris retenus, les soupirs, les battements de mains de tout le village nous ont récompensés, quand nous avons étalé aux pieds du vieux Cotte le produit de notre expédition : une abondance de grains à manger et à semer, des outils, des couteaux, deux grosses marmites de fer, cent aunes de cordelette, une belle pièce de tissu écru, deux couvertures de vraie laine, une hachette, au moins trente livres de boucané, de saucisses et jambons, deux fois ce poids en épis de maïs secs, un gros sac de farine, un petit sac de lentilles, et huit coqs et poules d'Inde que nous avions occis dans leur sommeil. Plus un pistolet à rouet que Chemicanne n'a pu s'empêcher d'emporter, tant il tient à s'affubler de ces armes de Blancs, auxquelles il ne comprend pourtant rien.

— Tu as pris de la poudre et des balles, cette fois ? Mais attention, Chemicanne, que je n'entende jamais essayer cet engin par ici, sinon…

Un coup de feu signalerait notre refuge aussi sûrement qu'une volée de cloches. Chemicanne range l'arme dans sa ceinture, avec une moue de regret. À sa place, si un jour j'avais la malchance de rencontrer les Blancs, je ferais plus confiance à mon épieu qu'à cet engin compliqué.

Chemicanne est vite consolé par les chaleureuses félicitations de Cotte le Vieux. Il est vrai qu'aucune expédition n'a jamais autant rapporté, pour si peu de peine ! Nous voici le ventre plein pour un moment, et surtout dotés de graines à planter, qui permettront d'étendre les cultures. C'est nécessaire : deux femmes sont enceintes, et si nous voulons que les hivers futurs se passent aussi bien que celui-ci – nous ne manquons de rien, sauf de couvertures un peu moins parfumées... – il faut défricher de nouveaux potagers à l'ombre des arbres.

Chemicanne a l'honnêteté de souligner notre bon comportement, à Cotte et moi.

— Je n'en doutais pas ! dit le vieux Cotte en souriant.

Quant à Cotte le Jeune, il goûte sa plus belle récompense dans les bras de sa Niama, à la nuit venue...

***

Ce matin, le nuage cache encore tout. Je remonte de la rivière, une anguille sur le dos. Il y a longtemps que je la guettais, celle-là ! Une maligne, qui mangeait toujours mes appâts sans se prendre à l'hameçon. Mais j'ai trouvé une astuce, avec deux fils qui… Bref, je me suis montré plus malin qu'elle, et elle est là, suspendue à mon dos, presque aussi grande que moi, qui bat mes jambes de son restant de vie. Pardon, belle anguille, et merci pour la viande que tu nous apportes, car il faut ménager notre troupeau de chèvres.

Je glisse sur le bord des rochers, prenant bien soin de ne pas fouler l'herbe et de ne pas imprimer mes pieds nus sur une surface trop visible. Comme toujours, j'accomplis quelques détours en remontant vers le village. C'est devenu une habitude, je ne me rends même plus compte que cela m'allonge le chemin.

Soudain, j'aperçois quelque chose de brillant par terre. Je me baisse… c'est un simple éclat de verre, mais qui étincelle au soleil. Imprudence d'enfant, sans doute. Il n'y a guère de risque qu'un chasseur vienne par ici, mais on n'est jamais trop attentif. Je ramasse le bout de verre et, comme je me relève, je vois une ombre qui bondit vers moi.

Mon réflexe est immédiat : je me laisse tomber sur le dos en lançant mes jambes en avant, et je cueille mon agresseur au creux de l'estomac.

— Ouf ! fait Chemicanne, en se frottant le ventre. C'est vrai que tu fais déjà un vrai guerrier ! C'est moi qui ai placé ce bout de verre sur ta route. Ma première surprise a été de te voir le ramasser, alors que d'autres se seraient contentés de le pousser sous un rocher. La seconde a été de me faire recevoir à coups de pied…

— Pardonne-moi, je ne t'avais pas reconnu.

— Oh, mais tu as bien fait ! Quand quelqu'un te fonce dessus, mieux vaut ne pas perdre de temps à lui demander son nom… Bravo aussi pour ta prise : c'est une fameuse anguille, qui a dû te donner du mal !

— Elle s'est bien battue.

— Je voulais justement te demander : que dirais-tu d'une autre expédition ?

— Nous avons déjà tout mangé ?

— Non, mais je manque d'exercice…

En disant cela, il a une manière de se frotter les mains que je n'aime pas trop. D'autant qu'il ajoute :

— Il y a quelques Blancs de l'autre côté de la montagne que j'aimerais bien voir suspendus comme ton anguille.

***

Le vieux Cotte n'était guère d'accord, mais Chemineanne a fait quelques promesses : il ne s'attaquera qu'à de petites fermes, et assez loin d'ici pour que les chasseurs ne soupçonnent pas d'où nous venons. Il ne prendra pas de risque et évitera autant que possible que son escouade subisse des pertes. Dès que le butin sera suffisant, il reviendra au village, sans se faire suivre, naturellement.

Je devine que l'affaire sera plus dure que la précédente, car les guerriers de Chemicanne consacrent plus de temps à préparer leurs armes. Leurs visages sévères sont fendus par des sourires étroits comme des lames, et ils commencent déjà à regarder la montagne, la clairière, les gens, de cet air aigu qui fait trembler Niama.

Elle aurait bien voulu retenir Cotte, mais nous avons trop envie de bouger, lui et moi : rester dans ce fond à pêcher et gratter le sol, c'est bon pour le vieux chef et les braves bougres qui l'entourent. Mon frère et moi sommes d'une autre espèce.

Nous montons derrière le guide, à dix cette fois : les deux victimes du cochon marron sont guéries. En haut de la falaise, notre guide nous abandonne comme la dernière fois, et nous descendons vers la forêt, plus fiers que jamais.

L'objectif est de marcher assez loin vers le nord, puis de piquer vers les fermes, vifs comme la foudre. Mais au deuxième jour, Chemicanne n'y tient plus :

— Je sais qu'il y a une maison en bas de cette ravine. En plus, le Blanc qui y habite est doublement maudit : il vit avec une des nôtres, qui se vautre dans son lit comme une chienne ! Le Blanc va mourir, et sa femelle viendra avec nous ! On lui apprendra ce qu'est un homme véritable.

Cotte et moi nous regardons, et pensons la même chose : la maison en bas de la ravine, c'est celle que notre ami Augustave partage avec Anna…

7. Trahison

Nous approchons, dans la nuit, tels des fauves. Je reconnais certains rochers, certains creux de la ravine : là nous avons passé une nuit, Niama, Cotte et moi, là nous avons laissé Niama, là Cotte s'est terré, tandis que je continuais seul…

Nous avons la même idée en même temps : il n'a pas la cervelle dans sa poche, mon grand frère.

Il se coule près de Chemicanne et souffle :

— Tu veux attaquer cette ferme-là ?

— Pourquoi ? Tu la connais ?

— Nous sommes passés ici après notre fuite. J'ai reconnu quelques endroits… Tu n'as pas peur de ce Blanc ?

Chemicanne hausse les épaules :

— Il est seul, nous sommes dix…

— Mais il est fortement armé. Au moins deux fusils ! Et il a des chiens autrement costauds et intelligents que les deux roquets de la dernière fois. Des gros mâtins noirs…

Plus d'un gars frémit, en entendant cela. Même le plus solide guerrier n'aime pas affronter un mâtin noir en pleine furie. C'est terriblement plus rapide qu'une sagaie, ces bêtes-là, et ça a des mâchoires solides comme des pièges.

— Qu'est-ce que tu cherches à faire ? Tu veux effrayer mes hommes ?

— Au contraire ! Je veux que tout le monde sache… Et je crois que j'ai une idée, pour l'homme et les chiens…

— Parle !

— Voilà, si on envoyait le petit tout seul devant, sans arme et mal habillé…

***

C'est ainsi que je me retrouve, comme la dernière fois, à ramper dans le champ de pommes de terre du père Augustave. Je tiens mon rôle de mon mieux, sachant qu'à la lisière du bois, huit paires d'yeux, et un œil unique plus redoutable que tous les autres, suivent ma progression.

La maison a l'air déserte, et je me mets à espérer qu'Augustave et Anna, comme leurs lointains voisins de l'autre ferme, sont partis pour la nuit à une fête quelconque… Mais un mufle sur mes mollets et un tube froid sur mon ventre effacent mes illusions : le Blanc est là, et bien là.

Lui et sa femme manquent s'exclamer, en me reconnaissant dans la lueur de la lampe à huile, mais je leur fais signe de se taire. J'entre dans la maison, courbé et craintif, comme si l'arme me menaçait vraiment. À l'abri, je peux parler : une minute après, ils savent tout.

— Et qu'est-ce que tu fais avec ces gens-là ? gronde Augustave.

— Il y en a d'autres, ailleurs, qui sont bien plus pacifiques. Mais nous manquons de tout…

— Et vous êtes obligés de piller les fermes et de tuer les pauvres gens, c'est ça ?

— Les pauvres gens nous envoient les chasseurs aux trousses…

— Oui… On n'en sortira jamais, hein ? Il y aurait pourtant assez de place pour tout le monde, dans cette île ! Bon, qu'est-ce que je peux faire ? À deux contre neuf, même avec le chien…

— Huit : mon frère ne fera rien contre vous.

— Qu'est-ce que cela change ? Vous vous contenterez, lui et toi, de compter les coups ?

— Augustave, il faut s'échapper !

Le Blanc regarde douloureusement cette maison, qui est tout ce qu'il possède, et où il a vécu libre, rassemble rapidement quelques affaires dans un sac. Il attrape, sur la poutre, la boîte de fer où est l'acte d'affranchissement d'Anna et se tourne vers moi.

— Comment est-ce que cela doit se passer ?

— Je dois détourner votre attention en vous

racontant des histoires, et pendant que vous serez occupé à autre chose, je dois essayer de décharger votre fusil et d'immobiliser les chiens.

— Les chiens ? J'en ai qu'un !

— Nous en avons ajouté un autre, mon frère et moi ! Nous avons aussi sérieusement grossi celui-là... Maintenant, il est haut comme ça, et noir comme la mort !

— Ah, les sacrés bandits ! Je suppose que je devrais rire... Ta petite ruse doit durer longtemps ?

— Ils me laissent un bon moment. Mais ils doivent être en train d'approcher, maintenant.

— D'accord, grommelle Augustave. Alors, si tu veux bien me suivre, ma douce Anna... Nous avons toujours été méprisés par les chasseurs et méprisés par les marrons. Mais les uns et les autres savaient qu'ils étaient ici en terrain neutre, et que je n'entravais ni la chasse des premiers, ni la fuite des seconds. Je me demande pourquoi ce sanglant imbécile...

— Je crois qu'il aime tuer des Blancs, monsieur Augustave. Et vous ferez quoi, après ?

— Bah, je trouverai bien une place sur un domaine, comme chef de culture. Bien que, avec une femme noire... Ou alors, peut-être que je remonterai, après. Mais c'est pour toi que je me fais du souci, petit !

— Je m'en sortirai, monsieur Augustave ! Allez, filez !

Il souffle la lampe puis, appuyant lentement du pied, il décloue deux planches de la cloison, du côté de la pente. Il sort, son fusil à la saignée du coude, fait un signe. Le chien bondit dehors, où il s'immobilise, l'échine raide, humant l'odeur ennemie. La femme suit, et en sortant, me jette un dernier regard, où je ne sais ce qu'il faut lire, de la peine ou un remerciement…

Que faire maintenant ? Je n'ai pas réfléchi au-delà de la nécessité immédiate : sauver ceux qui m'avaient épargné. Maintenant qu'ils courent vers le salut, il faut penser à notre sécurité, à Cotte et moi : si Chemicanne devine que je l'ai trahi, je sais dans quel ventre va s'enfoncer son épieu !

Il faut réfléchir, vite. Je crois déjà deviner, dehors, des frôlements de pieds. Ils arrivent déjà ? Alors je me roule en boule sur le sol, j'attends le plus longtemps possible sans bouger puis, au moment où les frôlements se font plus nets de l'autre côté de la cloison, je hurle. À tue-tête.

La porte saute sous une bourrade, je devine une bousculade silencieuse dans le noir. Ils ne crient pas, pour ne pas attirer sur eux le feu d'un fusil, ou les dents d'un chien. Ils fouillent furieusement la pièce de leurs épieux. J'entends la table qui se renverse, et le fracas cristallin de la lampe qui se brise. Un pied me heurte, je m'époumone :

— Ils m'ont frappé ! Ils sont partis !

— Comment, partis ?

Je m'efforce de sangloter.

— Je ne sais pas ! Ils m'ont tapé sur la tête, je crois que je saigne !

Quelqu'un se penche sur moi, effleure mes cheveux. Je crains qu'il ne découvre ma supercherie, mais c'est Cotte, qui s'exclame un peu fort :

— S'ils t'ont frappé, petit frère, je les tuerai !

Le ton est faux : nous sommes de piètres acteurs. Heureusement que l'obscurité cache nos visages…

L'agitation est telle cependant que notre petite ruse semble fonctionner : un homme signale à grands cris qu'il a découvert une brèche dans la cloison, et d'un seul coup, un piétinement furieux signale une sortie générale.

— Ils ne peuvent pas être loin ! crie Chemicanne. À mort le Blanc !

Et les voilà partis à galoper dans la pente.

Cotte me donne une tape sur le bras. Pas besoin d'en dire plus, j'ai compris.

Sans un mot, sans un bruit, nous sortons de la maison et prenons à grandes enjambées le chemin de la montagne.

***

Nous marchons depuis peu quand nous entendons des cris excités derrière nous. Ils doivent nous chercher, s'inquiéter. À moins que…

Un hurlement effroyable confirme nos craintes : Chemicanne a deviné.

Maintenant, la question est de savoir s'il a aussi deviné où nous allons, ou s'il devra attendre le jour pour rechercher nos traces…

Inutile de s'attarder pour savoir la réponse : notre vie ne tient qu'à la résistance de nos mollets. Nous jetons dans un trou tout ce qui nous alourdit et grimpons au pas de course vers la haute montagne, avec seulement nos sagaies à la main et une outre à la ceinture.

***

Au lever du jour, la forêt est silencieuse derrière nous. Nous avons émergé sur la roche nue, et il faut maintenant faire un choix : monter prudemment de creux en creux, de rocher en rocher, comme nous l'avons toujours fait, ou galoper au plus court, au risque d'être vus par Chemicanne et les siens s'ils sont à nos trousses, ou par le premier chasseur venu.

— Tout droit ! souffle Cotte.

Il faut tenter notre chance. De toute façon, si nous lambinons, Chemicanne nous rattrapera à coup sûr : il n'est pas idiot, il sait bien qu'il y a Niama…

Nous partons à grandes enjambées. Chaque fois que le terrain le permet, nous courons, puis nous marchons, puis nous courons… J'ai beau être entraîné par mes mois de marronnage, mes jambes n'en peuvent plus et je sens une douleur rayonner de mon ventre vers toute ma poitrine. Cotte ne vaut guère mieux : sa gorge siffle et ronfle quand il respire, et je le vois plusieurs fois s'appuyer à son épieu pour ne pas tomber.

Mais nous arrivons au sommet de la falaise sans qu'aucun cri n'ait retenti, et le guide se dresse devant nous, effaré :

— Qu'est-ce qui se passe ?

— Les chasseurs ! râle Cotte. Ils nous ont surpris ! Ils ont beaucoup de chiens ! Vite, il faut descendre !

— Mais... Et Chemicanne ? S'il arrive ?

— Je crois qu'il est mort...

Le guide frissonne : si le grand Chemicanne est mort, alors cela va mal ! Il s'engage devant nous dans la pente.

— Vous arriverez à descendre, dans cet état ?

— Oui ! Il faut mettre le village en alerte ! C'est urgent !

Le guide hoche la tête, et nous voici accrochés à cette infernale falaise, les jambes flageolantes, nous demandant à chaque pas si nous n'allons pas basculer dans le fond. Cotte parle beaucoup, malgré son essoufflement. Il fait un compte rendu dramatique de nos mésaventures : les chasseurs avaient été avertis, ils nous attendaient dans une petite ferme, ils avaient beaucoup de fusils, et des chiens. Chemicanne est tombé parmi les premiers, d'autres ont été faits prisonniers, et nous, nous avons pu échapper.

— Cela te semblera peut-être lâche, insiste Cotte, mais il nous a semblé inutile de nous battre contre vingt fusils... Il valait mieux avertir tout le monde en bas qu'une grande expédition était en marche...

— C'est drôle, dit le guide, je n'ai pas entendu de coups de feu…

— Il y avait le brouillard, et puis c'était le vent de l'est : le bruit a été étouffé.

Soudain, le guide s'arrête net, tend l'oreille. Cotte poursuit son bavardage, jusqu'à ce que le petit homme le fasse taire, d'un geste impératif :

— Ce n'était pas un cri ?

— Non…

— Écoutez encore…

Nous sommes assez bas sur la pente et, fort heureusement, la vocifération ténue qui nous parvient du haut de la falaise n'est pas reconnaissable.

— Les chasseurs ! gémit Cotte. Ils sont déjà là-haut ! Tu es sûr qu'ils ne peuvent pas trouver le chemin pour descendre, s'ils ont de bons montagnards avec eux ?

— Non, je suis le seul. Mais cela ressemble plutôt à un cri des nôtres… Les chasseurs utilisent généralement de petites trompes en cuivre.

— Tu veux monter vérifier ? jette Cotte. Nous, on t'attend ici : j'ai assez vu de fusils et de chiens pour toute ma vie !

Et il s'assied tranquillement sur la corniche, les jambes dans le vide.

— Non, finit par dire le guide. Je ne suis pas un guerrier, moi. Si c'est des nôtres, ils attendront que je sois remonté avec des renforts…

Et nous continuons à descendre, dans le coton protecteur du grand nuage accroché aux falaises.

8. La montagne de feu

Dès notre arrivée, le vieux Cotte rassemble le village, et décrète un plan de guerre qui semble avoir été préparé de longue date : les femmes et les enfants vont explorer les environs, et font disparaître toute trace de vie telle qu'objets oubliés, cultures trop visibles, piquets à amarrer les cabris, tandis que les hommes lourdement armés se postent en embuscade à tous les endroits par où les Blancs pourraient débouler, s'ils parviennent à descendre la falaise.

Compte tenu de notre fatigue, nous sommes autorisés à ne rejoindre les troupes que dans la soirée, et à aller nous reposer un peu dans nos ajoupas.

— Tu tiendras ? murmure Cotte.

Je hoche la tête, encore trop essoufflé pour répondre. Alors il adresse un grand geste à Niama, qui balaie avec d'autres femmes la piste de la rivière.

— Hé, toi ! Viens me servir à manger !

Niama redresse une tête furieuse et fait un signe de dénégation. Cotte insiste, impératif. Les autres femmes gloussent. Alors Niama approche à grands pas, dents serrées, et siffle :

— Qu'est-ce qui te prend, grand guerrier ? Tu veux remplacer Chemicanne comme coq du village ?

Il l'attire vers lui et gronde :

— J'ai dit que j'avais faim !

Plus bas, il souffle :

— Chemicanne n'est pas mort.

Niama arrondit les yeux mais ne pose pas de question. Elle se penche sur les marmites et charge nos écuelles d'un solide repas. Froid, évidemment : tous les feux ont été couverts de terre dès le début de l'alerte.

Quand nous avons le ventre plein et que nos cœurs se sont un peu calmés, Cotte raconte tout à Niama et dit :

— Préparez tout : nous partons à la nuit.

— Tu penses que le guide est remonté ?

— Je ne sais pas. Il a l'air plutôt peureux... Mais le vieux Cotte voudra sûrement savoir... De toute façon, nous ne pouvons pas prendre le risque d'attendre : Chemicanne sera ici demain matin au plus tard : le temps que le guide se repose, qu'il remonte, et que les guerriers redescendent.

— Et comment allons-nous sortir ?

Cotte sourit :

— Vous vous souvenez du vieux Chose, au camp ?

Il est plus vieux que nous trois ensemble, il a connu le père de Grand Monsieur et les temps anciens où il y avait peu d'esclaves. Il a tout vu et survécu à tout. Il disait toujours : même le lion n'affronte pas tous ses ennemis à la fois. Nous avons eu une idée pour sauver notre honneur, et une autre pour sauver notre vie. Nous en aurons bien une troisième pour nous enfuir de cet endroit… Une chose est sûre : nous ne pouvons pas partir d'ici par la falaise.

— Même si on connaissait le chemin, il y a Chemicanne et ses hommes en haut, qui ne doivent pas être contents…

— Alors, remplissez vos sacs : on part par la rivière !

Niama ouvre une bouche ébahie, renonce à parler, et ramasse par terre son sac en vacoa : nous voici en fuite, une fois de plus !

Nous emportons un peu de vivres. Très peu : même si nous savons qu'ils nous mettraient à mort s'ils connaissaient la vérité, nous ne voulons pas voler nos frères marrons du village, qui ont tant de mal à survivre dans ce trou entre les montagnes. Simplement, je récupère mes lignes de pêche, une outre en peau de chèvre et le morceau de bœuf séché que j'avais caché dans mon ajoupa. Cette fois, le cadeau du père Augustave va avoir son utilité.

— Je reprends aussi nos cordes, dit Cotte. De toute façon, ils ne s'en servent guère.

Pas de vêtements de rechange, pas de couvertures, juste des sacs légers et nos armes.

Mais au moment où nous partons à pas furtifs, vers le chemin de la rivière, l'ombre du vieux Cotte se dresse devant nous.

***

Il reste un bon moment à examiner nos armes, nos sacs, le rouleau de corde sur les épaules de Cotte.

— Vous fuyez ?

— Nous sommes libres, dit mon frère. Nous sommes venus libres, nous repartons libres.

— Par là ? Il n'y a pas de sortie.

— Nous chercherons…

La tête pesante du vieux chef se penche vers nous et, comme s'il craignait d'avance la réponse que nous allons faire, il demande d'une voix hésitante :

— Et… les Blancs ?

Cotte le regarde bien en face, puis lâche :

— Il n'y a pas de Blancs. C'est un mensonge. Vous pouvez rappeler les sentinelles. La vérité, c'est que nous nous sommes disputés avec Chemicanne, et que je ne veux pas avoir à me battre contre un frère, même si je ne l'aime pas.

— Une bonne bagarre n'a jamais fait de mal à personne. Laissez-moi lui parler, j'arrangerai ça.

— Non. Ce genre de dispute ne se règle pas à mains nues.

— Ah. Je comprends… La fille, peut-être ?

Chemicanne a toujours eu tendance à se prendre pour le chef, ici, et je n'ai plus la force pour lui faire entendre raison... Un jour, il commandera, c'est sûr : je me fais vieux. Mais je crains que ce jour-là, la paix s'en aille de notre petit refuge... Vous craignez cela aussi, c'est pour cela que vous partez ?

— Un peu.

— Vous ne passerez jamais : il y a des gouffres terribles, dans cette rivière...

— Nous passerons.

Le vieux chef se frotte le menton, hésitant.

— Et... Vous ne parlerez pas aux Blancs ?

Cotte lui tend sans hésiter son épieu :

— Tue-moi si tu penses que je peux te trahir !

Un petit rire sec lui répond :

— Garde ton bout de bois, mon garçon, tu en auras besoin ! Bonne chance à vous trois. Il est possible que je ne parle pas non plus : cette petite alerte ne fait pas de mal à nos gens ! Quant à Chemicanne, il n'aura qu'à vous chercher tout seul : je ne veux pas avoir votre sang sur les mains.

Nous voudrions le remercier, lui souhaiter vigueur et longue vie, mais nous savons juste lui presser l'épaule en partant : étrange, comme les mots d'amour ont plus de mal à franchir nos lèvres que les mots de haine.

Tandis que nous nous éloignons, nous l'entendons grommeler derrière nous :

— Mais moi, je dis que vous ne pourrez pas passer…

***

Il fait jour, et voici la première cascade. Elle n'est pas trop haute. Enfin, pas de quoi donner vraiment le vertige : dix fois la hauteur d'un homme.

C'est déjà bien assez pour vous faire réfléchir, quand vous vous penchez vers le trou sombre, d'où montent l'écume et un brouillard humide. Il n'a guère plu ces derniers temps, une chance pour nous : un courant puissant nous aurait entraînés. La rivière se contente de basculer en une épaisse lame d'eau, qui va marteler le fond du trou puis s'éloigne entre de gros rochers.

— Il faut tomber au même endroit que l'eau, recommande Cotte : c'est là qu'elle creuse profond. Il ne devrait pas y avoir de rocher dessous…

Et sans attendre notre avis, il saute, les jambes recroquevillées, les bras serrés contre les flancs. La bouche de Niama s'ouvre sur un cri muet, mais il remonte presque aussitôt, faisant un geste triomphal : il avait bien deviné, c'est profond et sans danger.

Niama doit être la deuxième : avec cette espèce de préjugé que nous avons contre les femmes, nous ne voulons pas prendre le risque de la laisser derrière, immobilisée de peur au bord de la falaise. En fait, elle se montre aussi courageuse que Cotte et tombe comme lui, d'un trait, son épieu solidement tenu devant elle. Et c'est moi qui reste le dernier, hésitant, au-dessus de ce vide qui, tout bien observé, est assez impressionnant…

Ne pas penser, ne pas réfléchir ! C'est difficile : cette eau glacée qui bouillonne en bas, les regards impatients de Cotte et Niama, qui m'attendent sur les rochers, le cœur qui bat follement dans ma poitrine…

Je saute.

L'air siffle brièvement à mes oreilles, la gifle brutale de l'eau sur ma poitrine me coupe le souffle. Je me sens entraîné au fond par le poids énorme de la cascade qui gronde dans mes oreilles, mais je me pousse à l'extérieur du tourbillon, et j'émerge à quelques pas des deux autres, qui me regardent en riant. Allez, la première épreuve est franchie, les autres nous feront moins peur !

Avant de quitter cette première cascade, je jette un regard en arrière.

— On ne pourrait pas remonter ce mur, même si on voulait…

— Et à quoi ça servirait ? rigole Cotte. Tu as oublié une fiancée ?

La mort est à nos trousses, elle nous attend devant, dans toutes les autres cascades de la gorge, et pourtant il y a longtemps que je n'avais pas vu Cotte aussi gai. Moi aussi, je dois dire, je ressens un mélange d'exaltation et de paix : nous voici à nouveau tous les trois, seuls contre le monde entier, mais en chemin, vivants et libres.

***

La deuxième cascade est moins haute que la précédente, et nous y sautons tous les trois en même temps, en riant aux éclats. Nous pouvons nous offrir le luxe de faire du bruit : le grondement de l'eau couvre tout.

En revanche, la troisième cascade est beaucoup trop haute.

— Il faut descendre le long de la falaise avec la corde, dit Cotte.

— Elle sera assez solide ?

— Il le faudra…

La muraille est lisse, polie par les grandes crues, mais nous trouvons pourtant des prises. Le plus désavantagé est le dernier, qui devra trouver un moyen de décrocher la corde avant de sauter à l'eau. Je me propose pour ce rôle. Ce n'est pas que je jalouse Cotte, mais je veux prendre ma part des risques. J'ai bien pris ma part des sottises…

Cependant, il est plus facile de dire que de faire : quand j'arrive au bas de ma corde, que j'ai bloquée entre deux rochers par un nœud « facile à défaire », je m'aperçois qu'elle ne veut pas se décrocher, malgré toutes les secousses que je lui donne.

— Abandonne ! me crie Cotte. On se débrouillera sans elle !

Abandonner cette bonne corde, laisser en outre cette trace si évidente de notre passage ? Jamais !

— Je remonte !

En me tortillant, je parviens à me débarrasser de mon sac, que je lance vers Cotte et Niama. Il se passe un temps terriblement long avant que je ne l'entende frapper la surface de l'eau en bas… Cesse de penser au vide, jeune Maavel, concentre-toi sur tes mains raides comme des bouts de bois, et qui vont devoir agripper la falaise pour te hisser là-haut…

Je me hisse lentement. Ce n'est pas aussi difficile que de descendre : on voit où on va. Mais mon corps est terriblement lourd : voici trois jours et deux nuits, depuis notre départ en expédition avec Chemicanne, que nous n'avons pas dormi…

Enfin, j'arrive au rocher. La corde est solidement coincée dans une fente, j'ai beaucoup de peine à l'en retirer. Il faudra trouver une autre astuce pour les prochaines fois. Dans l'immédiat, en tout cas, je n'ai pas le courage de réfléchir : je débloque la corde, et je la lance en bas. Tant pis, je descendrai sans cette sécurité. Il suffira de ne pas glisser…

Et je reprends ma lutte contre le roc, telle une araignée. Un pied, une main… Ma joue s'appuie au rocher noir, je sens son odeur d'humus pourri et d'eau. De temps en temps, une petite plante, qui a trouvé de quoi s'enraciner dans une fente, apparaît à mes yeux. Si elle me semble assez solide, je m'y accroche.

Je suis à la moitié de la falaise quand d'un coup, sans bruit, une écaille de pierre se décolle sous ma main. Je sens mon dos m'entraîner en arrière, je crispe violemment mon autre main, mais le choc est trop fort.

Je lâche prise, je m'envole…

***

— Petit bandit ! Petit bandit ! Tu m'entends ?

Une bouche sur mon front, des gifles sur mes joues : je préfère le traitement de Niama à celui de Cotte. J'essaie de parler mais je replonge dans un cauchemar où tournent une falaise lisse et une eau couleur de basalte.

Quand je m'éveille enfin, il fait nuit. J'ai froid : mes vêtements sont mouillés et un vent coulis souffle dans le fond de la gorge. J'entends de l'eau chuinter près de moi, et une odeur finit de dégourdir mes sens. Je me dresse soudain :

— Vous avez fait du feu ?

Niama me tourne brusquement le dos, que je découvre nu, et Cotte, qui n'est pas plus habillé, éclate de rire.

— À peine ressuscité et déjà affamé, notre aventurier ! Oui, tu vois, nous avons fait du feu. Pour cuire les poissons que j'ai attrapés, et pour sécher nos vêtements. Je n'ai pas osé t'enlever les tiens, j'avais peur… Tu as bougé tes bras et tes jambes ? Rien de cassé ?

— Apparemment non… Mais ce que j'ai mal au dos…

— Ouf… Tu nous as fait peur; tu sais… Tout ça pour un bout de corde !

— On en aura besoin, de la corde, pour la suite.

— Peut-être… En attendant, fais comme nous : déshabille-toi et viens te sécher.

J'hésite : devant Niama ?

— C'est une grande fille, tu sais, elle sait comment un homme est fait. Et puis tu n'es qu'un petit garçon.

C'est vrai. Je dois avoir dans les onze ans, si mon compte est bon. Mais j'ai tant vécu au cours de ces derniers mois que j'ai l'impression d'être infiniment plus vieux.

Je fais de mon mieux pour me dévêtir sans heurter la pudeur de Niama, et surtout la mienne, et je me rapproche du feu. Pas de risque qu'il soit vu de qui que ce soit : nous sommes au fond d'un ravin étroit comme un couloir, dont les parois verticales ne s'évasent que loin, très loin au-dessus de nous.

Je commence même à penser que nous pouvons cesser de craindre la vengeance de Chemicanne; c'est bon d'être vivant.

***

Les jours suivants sont une interminable succession de cascades et de falaises. Il nous arrive d'avoir peur, encore, mais nous ne faisons plus de grandes chutes : nous avons trouvé un moyen, avec des anneaux de lianes, pour récupérer la corde. Nous lions solidement ces anneaux à des rochers et y faisons passer notre corde en double. Arrivés au bas, c'est-à-dire à une dizaine de hauteurs d'homme sous l'anneau, nous tirons sur un brin de la corde pour la récupérer. Il suffit alors de rester bien accroché à la falaise tandis que l'un de nous confectionne le nouvel anneau de lianes qui nous permettra de descendre d'une autre longueur.

C'était simple, il suffisait d'y penser. Notre nouvelle manière n'évite cependant pas tous les risques, notamment quand nous devons attendre à flanc de falaise qu'un de nous ait fini de descendre pour pouvoir saisir la corde à notre tour. En outre, celle-ci s'use rapidement, et on l'entend grincer et craquer quand Cotte, le plus lourd, s'y suspend. Il serait temps que nous sortions de là, d'autant que l'humidité permanente commence à nous user, nous aussi…

La seule bonne chose est que le poisson abonde. Il est si familier, dans ces bassins où personne n'est peut-être jamais passé, que nous pouvons l'attraper à la main. Hélas, maintenant, il faut le manger cru : nous approchons de la côte, la vallée s'évase au-dessus de nous, et il n'est pas question de signaler notre présence à un Blanc en faisant du feu.

Nous pouvons presque oublier Chemicanne et ses guerriers : nous avons ralenti notre marche depuis plusieurs jours, et rien ne nous a signalé leur approche. Sans grande corde, je ne pense pas qu'ils puissent nous suivre.

***

— Maintenant, il faut sortir de cette vallée, dit Cotte.

C'est le soir, nous avons encore parcouru une grande étape aujourd'hui, mais nous ne nous sentons plus en sécurité, au fond de cette faille qui n'est plus un gouffre mais un creux de plus en plus évasé. N'importe qui peut nous voir, de là-haut. Il faut quitter le chemin désormais facile du cours d'eau. De toute manière, il ne pourrait nous mener que dans les Bas, où sont les plantations : beaucoup trop près des Blancs.

— En outre, les nouveaux marrons, vous le savez comme moi, commencent généralement par remonter les rivières. Il suffit qu'il y ait eu une évasion et que les chasseurs soient en piste…

C'est donc décidé, nous repartons en forêt. Adieu poissons facilement pêchés, adieu eau sombre et fraîche, qui nous fit trembler et rire. Maintenant, il faudra se rationner et grimper, grimper encore. Est-ce que nous aurons fini un jour de grimper et descendre, et nous couler dans les ravines ? Non, sans doute, puisque nous ne finirons jamais de fuir…

Ne pense pas à demain, Maavel, goûte aujourd'hui où tu es vivant, où tu as une fois de plus échappé au pire.

Mais je comprends, maintenant, que des marrons partis depuis des années se présentent un jour à la police des Blancs, au risque d'être sévèrement punis : elle est rude et solitaire, l'existence du gibier. Si nous n'étions pas tous les trois, solidement noués…

Nous partons immédiatement, par la pente la moins raide. Au début, c'est difficile, car il faut remonter un éboulis dans le noir, et les jambes ne sont plus habituées à un tel effort. Puis la chaleur revient dans nos cuisses et nos genoux, et la sueur se remet à couler à grosses gouttes sur nos fronts tendus.

Au matin, nous sommes en plein bois. Nous retrouvons nos vieilles habitudes : se terrer pour la journée, ne pas parler, économiser la nourriture et l'eau…

— Il faudrait aller vers le sud, dit Cotte : il paraît qu'il y a moins de Blancs par là-bas.

Oui, mais il y a la grande montagne de feu, qui grille net tous ceux qui osent affronter ses pentes…

— Nous en avons vu d'autres, non ?

C'est vrai : les chasseurs ou les guerriers de Chemicanne sont plus dangereux qu'une légende. Tout de même, une montagne qui crache de la roche fondue…

La deuxième et la troisième nuit, nous franchissons des crêtes et des hauts plateaux, essayant tant bien que mal de nous orienter vers le sud. Ce n'est pas facile : de grandes vallées nous barrent la route et nous poussent vers l'ouest.

— D'une certaine manière, nous retournons vers le village du vieux Cotte, mais par l'autre flanc, remarque Niama.

— Nous le contournerons par les hautes pentes ; dès que nous serons arrivés aux sommets, nous pourrons choisir la route qui nous conviendra.

Oui, mais les sommets signifient la roche nue, où nous serons visibles…

La quatrième nuit, nous émergeons de la forêt. Quelque part sur notre droite doit s'ouvrir le gouffre où sont réfugiés le vieux Cotte et les siens. Chemicanne a dû piquer une belle colère…

La lune s'est levée et il faut progresser prudemment : pour un guetteur immobile, nos ombres furtives seraient presque aussi visibles qu'en plein jour. Nous nous faufilons dans les creux, nous glissons de buisson en buisson, et surtout nous tendons l'oreille au moindre bruit suspect.

C'est cela qui nous sauve. Quand un bruit de métal heurte nos oreilles, nous nous arrêtons tous trois et nous plaquons au sol. Ce n'est pas loin. Si nous n'avions pas été si attentifs, nous tombions dans le piège.

— Une embuscade ? souffle Niama.

— Je ne crois pas. Plutôt un camp de chasseurs. Ils n'ont pas fait de feu : ils sont malins, eux aussi…

Lentement, en rampant, nous reculons peu à peu. Il est trop tard pour filer jusqu'à la forêt, et la lune est trop claire. Nous nous glissons dans le premier trou venu. Pourvu qu'ils n'aient pas de chiens !

***

Nous dormons, un peu. Même si près du danger : on finit par s'habituer à tout. Et puis, mieux vaut récupérer quelques forces : nous ne savons pas de quoi sera faite la journée…

Le brouillard, heureusement, est revenu dans la nuit, et nappe la montagne de son manteau protecteur. Il devrait aussi masquer nos odeurs. En outre, nous sommes en amont des chasseurs : le vent d'est vient d'eux à nous.

Il nous porte leurs voix, soudain : le jour revenu, ces hommes parlent plus librement. Sans doute n'espèrent-ils plus surprendre un marron imprudent.

Des exclamations, des bruits métalliques nous informent qu'ils se mettent en route. Nous nous tassons de notre mieux dans notre trou, sous les buissons que nous avons arrachés dans la nuit. Mais c'est une bien fragile cachette : s'ils ont des chiens, ou s'ils ont simplement l'œil un peu observateur…

— Ils montent ! Silence !

Quelle malchance ! N'auraient-ils pas pu partir dans une autre direction ?

J'entends des cailloux qui roulent, des raclements de gorge, et soudain je les sens : un effluve de tabac refroidi, de bois fumé et de sueur de Blanc.

Ils gravissent la pente, droit vers nous.

Je les vois lentement émerger du brouillard. Des visages sombres sous des chapeaux de feutre, des vestes salies, et ces longs fusils qu'ils portent, soit en bandoulière, soit en travers de leurs bras…

Mais pas de chien. Du moins pas encore.

Ils arrivent, leurs regards scrutent machinalement les environs. Ils ne doivent pas se douter que trois marrons ont dormi si près d'eux. Je sens les ongles de Niama, crispés sur mes mollets, qui me déchirent la peau.

Ils arrivent lentement, sans se presser, ils passent à dix pas. Chacun de leurs gestes est une torture. Quand vont-ils enfin s'éloigner ? Ils n'ont pas de chien, c'est sûr maintenant : nous avons donc une chance…

Le dernier d'entre eux, parvenu à notre hauteur, s'arrête pour mieux caler son fusil au creux de son épaule. Le long canon bouscule son chapeau, découvrant son visage. Son regard effleure notre cachette. Je n'ai jamais oublié ce regard-là, j'en ai eu trop peur, trop longtemps…

L'homme repart enfin, rejoignant à grands pas ses compagnons qui l'appellent. Quand tout bruit est effacé, nous émergeons de notre trou et nous regardons.

— Vous l'avez reconnu ?

Évidemment. Peut-être les chasseurs l'ont-ils acheté, peut-être a-t-il été affranchi, peut-être le rat blanc l'a-t-il lancé sur nos traces depuis tous ces mois. Mais nous sommes tous trois formels : c'est bien Sansquartier que nous avons vu passer près de nous avec un long fusil, et des mains de Noirs, de gens comme lui, accrochées en grappes à sa ceinture…

***

Cette rencontre nous a donné des ailes : nous marchons toute la journée, effrayés, silencieux et tendus, vers ce Sud qui nous semble riche de toutes les promesses. Pourvu que les chasseurs ne raisonnent pas comme nous.

La nuit arrive sans nouvelle alerte. Nous ne nous arrêtons pas. La pente se fait plus rude, le froid plus piquant. Les sommets sont proches.

— Demain, nous serons de l'autre côté.

Nous trouvons une petite grotte, y passons le jour à dormir et mâcher lentement, pour faire durer le goût, nos derniers morceaux de bœuf séché. Il n'y a aucun gibier à ces altitudes, hormis des oiseaux, difficiles à attraper. L'eau aussi est rare, mais nous trouvons toujours un rocher où s'est rassemblée un peu de rosée à l'aube, avant que le soleil ne chauffe trop ; même à l'approche de l'hiver, ses rayons sont rudes en milieu de journée.

De l'autre côté des sommets, la nuit suivante, la pente est plus douce, glisse lentement vers le sud. Et, quand l'aube se lève, de l'amas de rochers où nous avons trouvé refuge, nous découvrons au loin un grand bouclier sombre : la montagne de feu.

9. L'arbre de la liberté

Nous sommes arrivés sans ennui jusqu'au pied de la montagne, nous avons traversé les hautes plaines, nous avons même traversé la grande piste des Blancs, qui va d'un bord à l'autre de l'île, et senti l'odeur de leurs chevaux. Mais leurs chiens ne nous ont pas flairés, ils ne nous ont pas vus.

Et nous voici au bord d'un rempart taillé d'immenses marches, comme un escalier pour géants. Au bas, une plaine interminable, marbrée de noir et de rouge, carbonisée comme les pierres au bord d'un foyer. Et au fond de cette plaine, le cône nu, redoutable, inhumain, de la montagne de feu.

Il faut passer par là. Il n'y a pas d'autre voie. De l'autre côté, sans doute, recommencent les forêts. Et si même les Blancs ont peur de la montagne de feu, nous risquons moins d'y faire une mauvaise rencontre. En outre, le sol est ici déchiré, chaotique, et offre de nombreux abris. Nous ne pouvons toujours pas marcher en plein jour mais nous n'aurons pas besoin de chercher interminablement une grotte ou un buisson à la fin de la nuit.

Notre seul souci vient de nos ventres : il y a bien longtemps que nous avons terminé notre bœuf séché, et il n'y a pas une goutte d'eau par ici. Nous léchons les feuilles pour recueillir la rosée, mais même ces minuscules sources se font rares : presque plus aucune plante ne pousse ici, et celles qui survivent dans cet endroit terrible ont des feuilles étroites, minces comme des épines, qui ne gardent pas l'eau.

Nous descendons pourtant le rempart, vers l'espèce de désert qui nous attend en bas. Comme la falaise est tournée au sud-est, nous n'avons pas besoin d'attendre qu'il fasse nuit : dans l'ombre du soir, personne ne pourra nous voir. Il faut bien, quand même, qu'il y ait quelque avantage à être noir.

Le désert, que nous atteignons au coucher du soleil, est une mer de petits cailloux légers qui crissent sous nos pieds. Nous longeons le pied du rempart, pour que notre trace soit la moins visible possible : des années après notre passage, elle restera inscrite là, dans ce faux sable qui ne bouge jamais… Sur notre gauche, la vaste et sombre silhouette de la montagne de feu ne nous épouvante plus guère : ou bien elle dort, ou bien nous sommes de trop petites proies pour elle.

À l'aube, nous sommes au bord d'une nouvelle falaise, d'où monte un courant d'air familier, qui sent la terre, l'eau, la vie : une vallée, qui sort peu à peu de l'ombre bleutée de la nuit. Il y a des espaces plats et verts, on entend des cascades, des oiseaux planent au-dessus de ce grand vide… Et tout là-bas, au fond, entre les bords aigus de cette grande vasque verte, nous découvrons le bleu infini de la mer.

— Tu crois qu'il y a des habitants ? demande Niama.

— Je ne vois ni maison, ni fumée, répond Cotte. S'il y en a, ils doivent être du genre père Augustave, des gens qui ont choisi d'habiter loin et ne veulent d'ennuis ni avec les chasseurs, ni avec les marrons…

— Et les marrons, il y en a ?

— Peut-être, mais nous ne sommes pas obligés d'habiter avec eux. Nous verrons s'ils nous plaisent. Sinon, nous nous construirons une maison à l'écart. Je trouverai bien le moyen de capturer une ou deux chèvres, qui nous feront un début de troupeau. Quant à la tribu… nous avons les moyens de la fabriquer tout seuls, non ?

Niama rit timidement.

— Si tu le dis, mon grand guerrier…

Je m'éloigne, je les laisse gazouiller. Ils ont bien mérité un peu de paix.

Mais je sais, moi, ce que je vais faire. Quand nous serons en bas, quand nous serons installés, je chercherai un grand arbre, pas trop loin de la mer, et je taillerai une pirogue.

Cela prendra le temps qu'il faudra. Je ne suis pas pressé : j'ai assez couru ces derniers temps…

La pirogue terminée, je retournerai au Domaine. Ils m'auront oublié, ils ne se méfieront plus. Je viendrai une nuit, comme un fauve, je me glisserai dans le camp, je pousserai doucement la porte de la case et je réveillerai ma mère et Mascarine.

— Venez, je leur dirai, le bateau est prêt, on rentre chez nous !

Les Noirs « marrons »

Cette histoire met évidemment en scène des héros fictifs : aucun esclave « marron » n'a laissé de récit de ses aventures. Les Blancs, en revanche, ont écrit: des rapports de police, des comptes rendus de procès, des lois, des demandes de renforts aux autorités, des récits de chasseurs... À travers ces textes, on peut se faire une idée de ce que pouvait être la vraie vie des Noirs évadés des grandes propriétés, dans l'île Bourbon (actuelle Réunion) du XVIIIe *siècle. Les quelques extraits de textes qui suivent sont issus des archives départementales de la Réunion.*

***

À PROPOS DE LA VIE SUR LES PROPRIÉTÉS :

Elle va du meilleur au pire. Certains esclaves sont battus à mort, et la cruauté de ces actes va parfois jusqu'à émouvoir la justice, qui poursuit (sans zèle excessif) les maîtres abusifs. Mais d'autres maîtres soignent et nourrissent correctement leurs gens, affranchissent les esclaves « fidèles », le plus souvent des « Noirs de maison » tels que serviteurs, cochers, cuisinières ou lingères, plus proches du Blanc et de ses faveurs que les « Noirs de pioche ».

Rappelons qu'au titre du Code noir – la loi royale qui régit l'esclavage –, un esclave est réputé « bien meuble » : il peut être acheté, vendu comme une chaise ou un cheval. Lui-même ne peut rien posséder ; il est propriété mais ne peut être propriétaire.

***

À PROPOS DES « PAUVRES BLANCS » :

Leurs comportements vis-à-vis des esclaves étaient très variés, les uns défendant farouchement leurs fermes contre tout intrus, les autres ayant trouvé une sorte d'accord avec les marrons, pour éviter les ennuis. Une proportion notable de ces Blancs vivaient maritalement avec des femmes esclaves, ce qui a largement contribué au métissage de la population. Généralement, sur ces micro-propriétés, les esclaves étaient mieux traités que sur les grands domaines. Mais naturellement, cette règle n'est pas absolue : il y a eu des exceptions dans les deux sens. Les «pauvres Blancs» se sont multipliés à Bourbon, à peine cent ans après le début de la colonisation : ruinés par des catastrophes naturelles ou l'habitude de découper les domaines en autant de parts qu'il y avait d'enfants (ce qui finit par donner des bandes minuscules de terre cultivable, inexploitables), ils cachaient leur fierté blessée dans les montagnes et à la lisière des forêts.

***

À PROPOS DES ÉVASIONS ET DE LEURS CAUSES :

En 1755, un greffier note que « *Jacques s'est rendu marron attendu que son maître ne lui donnait pas assez à manger* », que « *Joseph craignait d'être châtié par sa maîtresse* » et que « *Miguel, ayant été envoyé à Saint-Denis pour chercher des volailles et les ayant toutes perdues par la pluie, s'est fait marron par crainte du châtiment* »... Des motifs très variés, donc. Les causes sentimentales, comme dans notre histoire, ne sont pas étrangères aux évasions. Ainsi, en 1741, un greffier au grand cœur propose d'acheter à la Compagnie des Indes, au prix qu'elle voudra, son esclave Fianacane : Fianacane aime la jolie Fiara, elle-même esclave du greffier, et ils ont juré de s'enfuir ou, pis, de *« se pendre ou casser la tête »* si on ne les rassemblait pas. Le greffier fut entendu et les amoureux se retrouvèrent sous la férule (douce) de ce sentimental propriétaire… Dans d'autres cas, les maîtres étaient moins compréhensifs. Il n'y avait donc comme solution, pour les amoureux séparés, que de se résigner ou s'évader.

Notons que certains marrons n'étaient pas volontaires. Les enlèvements de femmes, notamment, étaient assez fréquents : ainsi le cas de Marthe, enlevée en 1741 par une bande de marrons, et qui a passé dix mois dans un camp des montagnes avant d'être reprise par les chasseurs. Il y eut même des esclaves pour se battre et mourir en défendant leur maître ou ses biens.

***

À PROPOS DES CHASSEURS DE MARRONS :

Ils étaient formés de « détachements » composés de professionnels. Ces hommes, comme les chasseurs de primes des westerns, étaient payés au nombre de captures ou de tués. Les preuves des morts étaient les mains droites coupées des marrons, que les autorités faisaient clouer sur un poteau ou un arbre, sur la place des villes. Les chasseurs remontaient très loin dans les montagnes et organisaient des expéditions de plusieurs jours. Il leur arrivait de surprendre des marrons isolés ou des villages entiers. Les esclaves fugitifs se défendaient quand ils avaient des armes. Il est arrivé qu'ils se jettent dans le vide pour échapper aux chasseurs.

Les archives conservent des dizaines de rapports de chasse, documents froids où les chefs d'expéditions se contentent d'énumérer leurs prises et leurs découvertes. *« Jacques Pitou a tué une négresse appartenant à M. Dumas, tout le détachement a tiré sur un noir qui est tombé mort au bas du rempart… »* (1739). *« Au haut de la rivière Saint-Étienne, nous avons trouvé un camp d'une trentaine de cases et des habitations où les marrons cultivaient des patates, du maïs, des fayots, des songes, le tout bien entretenu… »* (1751).

***

À PROPOS DES ATTAQUES DE MARRONS :

Ces « descentes » étaient assez fréquentes et visaient surtout des fermes isolées. Principaux objectifs : prendre des armes, des outils, des graines, des vivres, et augmenter ses rangs avec des hommes et des femmes, dont tous n'étaient pas volontaires pour s'enfuir.

Ces descentes étaient parfois sanglantes : « *Le fils de M. Dejean a été très dangereusement blessé... Le mois d'après, les marrons sont tombés sur l'habitation de MM. Brenier et Lambillon, où ils ont tué deux commandeurs, un noir, et enlevé une négresse avec un fusil ; et peu après, ils ont fait une troisième incursion, sur l'habitation de Mme Dumesnil, menaçant de tout mettre à feu et à sang... On leur tua cependant un marron...* » (rapport de 1735).

***

À PROPOS DES PUNITIONS RÉSERVÉES AUX FUGITIFS :

« *Le fugitif ayant été en fuite pendant moins d'un mois aura les oreilles coupées et sera marqué d'une fleur de lys à l'épaule ; s'il récidive pendant un autre mois, il aura le jarret coupé et il sera marqué d'une fleur de lys sur l'autre épaule ; à la troisième fois, il sera puni de mort* » (Code noir de 1723 pour les

Mascareignes ; dans la pratique, les punitions allaient du pardon – pour les « petits marrons » – à la mort pour les « grands marrons » récidivistes et réputés dangereux).

***

À PROPOS DES BARQUES :

Le rêve de notre jeune héros n'est pas insensé. Les archives rapportent des fuites en barques volées ou en chaloupes taillées dans des troncs d'arbre vers Madagascar, qui est à 800 km à l'ouest de la Réunion. On ne sait évidemment pas si elles réussirent. D'autres esclaves imaginèrent des astuces plus subtiles : partant du principe que « tous les Noirs se ressemblent » aux yeux d'un Blanc, ils se faisaient passer pour des esclaves des compagnies de navigation, chargés de porter quelque marchandise à bord d'un navire, et se cachaient à bord, passagers clandestins, en espérant que la prochaine escale serait en Afrique ou à Madagascar. Beaucoup se firent prendre mais d'autres réussirent.

***

L'esclavage a duré environ un siècle et demi dans les colonies françaises. C'est peu, par rapport à d'autres pays qui le pratiquaient depuis beaucoup plus longtemps, et qui l'ont parfois aboli bien plus tard (il se pratique encore, malgré les interdictions, dans certains pays, et le travail forcé des enfants en bas âge est une autre forme d'esclavage encore très répandue).

Il y a cependant un élément à prendre en compte : le nombre des esclaves. Quand les Occidentaux ont voulu mettre en valeur leurs colonies et faire pousser de grandes quantités de café, d'épices, de canne à sucre, de vanille, ils ont intensifié d'une manière colossale des trafics humains qui existaient depuis l'aube des temps. Comme ils payaient cher (un esclave « pièce d'Inde », c'est-à-dire en bonne santé, valait autant que deux à quatre chevaux, sur les marchés coloniaux), les trafiquants, qui étaient souvent des tribus spécialisées dans la chasse à l'homme, allèrent chercher leurs proies plus loin, et en plus grande quantité. On estime que l'Afrique a été vidée de plusieurs millions d'hommes et de femmes au profit des colonies occidentales d'Amérique et de l'océan Indien. Les seules îles Mascareignes (Bourbon, actuelle Réunion, sa voisine l'île de France, actuelle île Maurice, et l'île Rodrigues) en ont importé plus de 300 000, des débuts de l'esclavage dans cette région (vers 1700) jusqu'à la fin de la traite, en 1830.

L'esclavage a été aboli en 1835 à Maurice, en 1848 à la Réunion et dans les autres colonies françaises.

***

Et à propos de l'île :

La Réunion est la plus grande des trois îles Mascareignes, qui se trouvent en plein océan Indien, à 800 km à l'est de Madagascar. Les distances entre les îles sont importantes : 200 km entre la Réunion et Maurice, 650 km entre Maurice et Rodrigues. Les trois îles ont une origine volcanique mais, étant la plus jeune, la Réunion a gardé un relief très accidenté : son plus haut sommet atteint 3069 m, pour un territoire qui mesure environ 60 km de diamètre.

Le climat des Mascareignes est très agréable : l'océan jouant un rôle régulateur, les températures d'été dépassent rarement 30°, et en hiver, ne descendent pas au-dessous de 18°. L'été commence en décembre : les Mascareignes sont dans l'hémisphère sud, où les saisons sont inversées par rapport à l'hémisphère nord. C'est en été, de décembre à avril, que peuvent survenir des cyclones et dépressions tropicales, générateurs de fortes pluies et de vents parfois catastrophiques. Fort heureusement, la mer est grande, les îles petites, et la plupart de ces phénomènes passent loin au large.

Découverte par les Arabes au Moyen Âge, redécouverte par les Portugais quand ils eurent trouvé la route des Indes, la Réunion, île déserte, ne fut colonisée qu'à partir de 1663. À l'image de la plupart des colonies de l'époque, son économie reposa très vite sur des produits d'exportation (café, sucre, vanille, épices...) dont la culture était en grande partie assurée par des esclaves. Les colonies espagnoles et portugaises d'Amérique avaient inauguré ce terrible système cent ans plus tôt.

Aujourd'hui, la Réunion est un département français (depuis 1946) et une région européenne. Sa population, une des plus métissées et multiculturelles du monde, totalise 700 000 habitants.

***

Table des matières

Daniel Vaxelaire

L'auteur est un Lorrain installé à l'Ile de La Réunion depuis plus de vingt ans, après des séjours à l'île Maurice et au Maroc.

Il partage son temps entre l'étude du passé – notamment de l'histoire de l'océan Indien – et le développement des technologies nouvelles. Ce qui explique qu'à côté d'une abondante production de romans historiques, encyclopédies et livres d'histoire, il soit également scénariste multimédia (CD-Rom, bornes interactives). Il a également écrit des scénarios pour la télévision et la radio, et animé des stages de créativité littéraire pour la jeunesse.

S'il a choisi le thème de *En haut, la liberté* pour son premier ouvrage à destination de la jeunesse, c'est qu'il aime montrer les « faces cachées » des hommes et des lieux...

Marcelino Truong

L'illustrateur de la couverture est né en 1957 à Manille (capitale des Philippines), d'un père viêtnamien et d'une mère française. Il passe une enfance voyageuse au Viêt-nam, aux Etats-Unis et en Angleterre. Après Sciences-po, l'agrégation d'anglais et d'innombrables petits métiers, à vingt-cinq ans, il choisit la vie d'artiste. Il a appris le métier d'illustrateur sur le tas en multipliant les collaborations dans la presse, l'édition et la publicité. Marcelino Truong a illustré de nombreux livres pour la jeunesse chez différents éditeurs, ainsi qu'une bande dessinée sur le Viêt-nam des années vingt.

Il se consacre aussi à la peinture avec un thème de prédilection, le Viêt-nam, où il se rend régulièrement. Il vit à Paris, avec sa femme et ses deux filles, qui montrent déjà d'évidentes dispositions pour le dessin.

Castor Poche

Des livres pour toutes les envies de lire,
envie de rire, de frissonner,
envie de partir loin
ou de se pelotonner dans un coin.

Des livres pour ceux qui dévorent.
Des livres pour ceux qui grignotent.
Des livres pour ceux qui croient ne pas aimer lire.
Des livres pour ouvrir l'appétit de lire et de grandir.

Castor Poche rassemble des textes du monde entier ; des récits qui parlent de vous mais aussi d'ailleurs, de pays lointains ou plus proches, de cultures différentes ; des romans, des récits, des témoignages, des documents écrits avec passion par des auteurs qui aiment la vie, qui défendent et respectent les différences. Des livres qui abordent les questions que vous vous posez.

Les auteurs, les illustrateurs, les traducteurs vous invitent à communiquer, à correspondre avec eux.

Castor Poche
Atelier du Père Castor
4, rue Casimir-Delavigne
75006 PARIS

Cet
ouvrage,
le six cent
quatre-vingt-dix-neuvième
de la collection
CASTOR POCHE,
a été achevé d'imprimer
sur les presses de l'imprimerie
Maury Eurolivres
Manchecourt - France
en mai 2002

Dépôt légal : mai 1999.
N° d'édition : 4530. Imprimé en France.
ISBN : 2-08-164530-0
ISSN : 0763-4544
Loi n° 49-956 du 16 juillet 1949
sur les publications destinées à la jeunesse